谢六逸全集 二

谢六逸 著
刘泽海 主编

贵州出版集团
贵州人民出版社

日本文学史

《日本文学史》

谢六逸著,上海:北新书局,1929年9月版。

谢六逸著,上海:上海书店,1991年12月版。

《谢六逸全集》以上海北新书局1929年9月版为底本。

目 录

001　　　　序
001　　　　编　例

　　　　　　上 卷
003　　　　第一章　绪论
014　　　　第二章　上古文学
069　　　　第三章　中古文学
109　　　　第四章　近古文学

　　　　　　下 卷
133　　　　第五章　近代文学
157　　　　第六章　现代文学（上）
197　　　　第七章　现代文学（下）

225　　　　参考书目
238　　　　后　记

239　　　　人名索引

序

谢六逸

近二十年来的日本文学,已经在世界文学里获得了相当的地位。有许多著名作家的作品,曾有欧美作家的翻译介绍;我国近几年来的文学,在某种程度上,也受了日本文学的影响,日本作家的著作的译本,在国内日渐增多;德俄的大学,有的开设日本文学系,研究日本的语言与文学;法国的诗坛,曾一度受日本"俳谐"的影响。根据这些事实,日本的文学,显然已被世人注意。

中国人在"同文同种"的错误观念之下,有多数人还在轻视日本的文学与语言。他们以日人的"汉诗汉文"代表日本自古迄今的文学;拿"三个月小成,六个月大成"的偷懒心理来蔑视日本的语言文字,否认日本固有的文学与他们历经变革的语言。这些错误,是有纠正的必要的。

其次,欧洲近代文艺潮流激荡到东方,被日本文学全盘接受过去。如果要研究欧洲文艺潮流在东方各国的文学里曾发生如何的影响,那么,在印度文学里是寻不着的,在朝鲜文学里更不用说;在中国文学里也觉得困难。只有在日本文学里,可以得到这个的答案。

时代是骎骎地前进,对于日本古代的作品,我们已没有余闲来介绍。但在近代的作品里,确有许多值得介绍的,可以供我们借鉴的地方正多。如果对于二千多年来日本文学变迁的大势,与各时代的主要作家与作品,略知一二,也并不是徒劳的。本书即在上述四个旨意之下,用纯客观的态度写成。

详尽地介绍日本文学,在我还不是适任者。我希望另有许多胜任愉快的人出来,发表他们的研究(不单是文艺方面,如日本的政治、经济、史地、军事等,也该研究的)。使中国的书铺的橱架上,增添了许多研究日本文学的书籍,俨然与日本出版界里的庞然的《支那文学史》《支那经济调查》等书遥遥竞雄。

1929年,于复旦大学教员室

编　例

一、本书分上下两卷,共十余万言。上卷叙上古、中古、近古的文学,下卷叙近世与现代文学。

二、历来文学史的编著者常依"朝代"划分文学的时期,本书则注重"时代"与环境,依时代划分为五个时期,别为五章。于每章的篇首,先述时代的概观,使阅者知道作品的产生与其时代之关系。

三、本书叙明治以前的文学,以主要作品为纲领,因这时的文学未与世界文学潮流接触,本无派别,且能使阅者知道注重主要作品。自明治以后起(即现代文学部分)则以文学界的派别或团体为纲领,使阅者明了各派的特征与文学演进的趋向。

四、书中述到主要的作品时,著者必译引作品的主要部分为例,或重述原作的梗概。

五、本书立于客观的地位编纂，与日本学者为该国人士编著的书，观点略有不同。故对于叙述的轻重与材料的取舍，悉以适应我国的阅者为准则。例如日本的汉诗汉文的著作，即略去不讲。

六、本书篇幅有限，对于日本文学全部的叙述，患不能详尽，希望国内另有详尽的书出来。

七、下卷的卷末，有附录数种，对于研究日本文学的人，也许有一点帮助，望阅者加以注意。

・上卷・

第一章　绪论

一、日本民族

日本诸岛,在太古时代,好像一个容器,各种民族从岛的北方或岛的南方,移居岛上,在岛上时战时和,互相融混,遂形成现在的日本民族。所以有史以前的日本民族,并不是单纯的一种,也并非由一种民族主宰全岛,乃是几种民族的混合。

到岛上来得顶早的,要数旧倭奴族,这一族就是现在住于日本北部,成为特殊部落的倭奴族的祖先。旧倭奴族从北方移入岛上,遂占领岛上各地。其次要数真古斯族,这一族人本来是住在大陆上的一种以狩猎为活的民族,他们从北方渡海到日本,占领北海道。一个集团被称为高志系,还有其他的一个集团,也是从北方渡海而来的,被称为出云系。此外还有一个集团,从朝鲜到日本的九州,称为日向系。以上三个集团,同为真古斯族,言语、习惯都是相同的,只因渡来有先后,所以分做了三个系统。

第三种民族，为印度支那族。学者对于此族之移入日本，颇有异说。日本民族种稻，稻并不是野生的，而稻的耕种者是印度支那族，所以断定印度支那族的人种把稻的耕种法和稻种同时带到日本去。

此外还有印度勒吉亚族和汉族两种民族，也移住日本岛上。印度勒吉亚族的原产地是马来岛，此族移播的区域不广，他们的代表者是隼人族。此族曾住于日本九州的南部，他们有一种习惯，喜用红颜色涂在颊上，为日本古代别的民族所无。汉族就是中国人，在古时中国人常结为大大小小的团体，到日本去。如徐福东渡的传说，虽为正史所无，但在日本现在还有徐福的坟墓，也许他带去的人就是那些团体中的一支了。

以上各种民族，移居岛上以后，他们迁徙的地域并不广，只是在某一地方繁殖。如印度勒吉亚族与印度支那族的分布都不广，汉族则移入较迟。最初繁殖最广的民族，为旧倭奴族，可以说他们在岛上的先住民族中占有相当的位置。但这种旧倭奴族，他们没有文学遗留给后人，虽有少许的歌谣和神话，也不能够确指那些是他们的遗物。所以这种民族虽是繁殖，在文学上却没有什么关系。

先住民族中占有优势的，不能不推真古斯族——就是原始日本人。这一族人在岛上很有力量，文化的程度也比较进步。他们用武力渐次征服倭奴族，有反抗的就被打败，不反抗的就和他们讲和，渐次和岛上的各民族混合融化，于是人种的统一渐渐形成。

在前文说过，真古斯族分成几个集团，究竟其中的哪一个集团最占势力呢？那就是驱逐先住民族，占有岛上中心地方的出云系了。

出云系的繁殖地是大和、播磨、出云一带,后来日向系的民族,以舟东渡,从大阪湾入大和,出云系的民族就发生变化。日向系与出云系接触后,有时征战,有时言和,因此融和交杂。如《古事记》里面所记的建御雷神的国土安定和神武天皇的东征,便是二系接触以后发生的事。自此以后,出云一系的民族,被日向民族融合,于是日向系就建立日本的基业。日本古代的神话与传说,就是这两系民族所有的东西,加上从朝鲜传入日本,或从大陆直接传入的神话混合而成的。

日本民族安住岛上以后,受了自然的恩惠,人民渐次繁殖。他们的民族性,和周围的环境有密切的关系。日本三岛有"东洋乐园"的称号,好像意大利、瑞士之在欧洲一样。岛上气候温和,山水明媚,没有瘴烟毒雾的袭击,也没有毒蛇猛兽的栖止。虽无雄伟的昆仑山与浩瀚的长江,然而优丽娴雅的景致,随处可以看见。经过濑户内海的人,当能望见那点点的岛屿,排列得疏落有致;远处的海岸,平坦如茵,有青松白砂点缀。岛上春时的八重樱、秋时的红叶,令人见了就发生各种的美感。这些自然界的现象,都影响到民族的性质,且为一切艺术的渊源。所以日本民族性之一,是人民对于自然的钟爱。

日本古代社会,俨然为一大家族。做酋长或皇帝的人并非专制魔王,因此人民也不是不平的百姓。古代的国家,不外是一个大家族的扩大,所行的政治,可称为族制政治。家族和国家的关系,是分不开的,二者在表面上分为二物,其实就是一个。日本古代社会的构成,就在于家族亲睦与尊崇首领的习尚。由家族的亲睦,就产生祖先崇拜的意念。他们以创业的祖先为氏神,代代崇拜。个人的活动,总以不辱先人,替子孙谋幸福为准则。集合若干的家族,便组织成社会。常有个人为家名或社会的原故,牺牲自己的。国家一旦有事,人民都肯踊跃帮助。日本民族性之二,就是强固的团结力。

这两种民族性,是著者个人的见解。欧美人氏,对于日本民族,也常有批评。日本人自己的批评也多,芳贺矢一博士著《国民性十论》,举出:忠君爱国;崇拜祖先,尊重家名;现世的,实际的;爱草木,喜自然;乐天"幽默";淡泊潇洒;绮丽纤巧;清净洁白;重视礼节;温和宽恕等十项。五十岚力博士著《新国文学史》则举文武天皇即位论诏中的"明""净""直"三者为日本民族性。如西人俄尔柯克氏,曾谓"日本人的恶德,就是不正直与虚伪;日本的商人就是这一种,是东方各民族中最不正直,最欺诈的人"这类的批评,都足以帮助我们去认识日本民族。

反映日本民族性的,没有伟大的哲学或宗教,只在古代文学上显出了两个特质。一种是光明快活的文学,因为古代生活平静,没有激烈的战争,谋生也很容易,人民感到悠闲的快乐,所以在文学上表现他们乐观爱美的特质。第二种是集团的文学,原始文学的产生,常是集团的,而非个人的,日本民族自然也不出这个例。不过日本古代文学另有一种特色,它是幸福生活的表现。民族团结在一起,营着共同生活,总想使共同生活得到幸福。所以他们不向悲观或失望的方面去歌咏,却作出了被除与人类为恶,与有害于共公幸福的污秽或恶神的文学。

此外如中古时代的文学,表现民族的享乐性;近古时代的文学,表现日本武士道的精神。写自然美与恋爱的文学,在日本特别发达。这些都不外是民族性的反映。

二、文字的变迁

日本上古时代无文字,斋部广成的《古语拾遗》(公元807年作)里说:"盖闻上古之世,未有文字,贵贱老少,口口相传,前言往行,存而不忘。"在江户时代,曾有人主张有神代文字,但已被识者斥为荒谬。日本之有文字,自汉字传入后始。

日本古代,不仅文字受中国的影响,即一切文化,也是受中国与朝鲜文化的影响,才有进步的。中国文化或直接输入日本,或间接从朝鲜输入日本,输入文化的媒介,就是日本人所称的归化民族。后来日本的文化稍稍进步,日本政府的要职,如掌财政、文牍、美术、工艺、舞乐等职的,都是归化民族的子孙。从中国或本土或朝鲜赴日本的人,因为语言不通,彼此的交易很不方便,就需用一种通译的人。《新撰姓氏录》上记载着:"钦明天皇时,有武内宿祢的后裔珍动臣者,自三韩率同族四人,国民三十五人来归化,其子孙曾任近江国野洲郡曰佐……","曰佐"读若"0sa",就是"通译"的意思。据这项记载,可知此种归化人是通晓日本语言和汉文或朝鲜文的。将汉字传入日本的,自然是归化人的功业。在应神天皇十六年(公元285年)王仁经阿歧直的推荐,带了《论语》和《千字文》到日本去,王仁便在日本教书,从他学的有日本人,也有归化人的子孙。从此以后,在日本懂得汉文的人才渐渐增加。

自从汉字传入日本后，势力甚大。汉字压迫日本的语言，使他们没有独创的文字产生，不得不用汉字。天武天皇十一年（公元682年），帝命境部连石积等造新字一部，共四十四卷，史书曾有此项记载，但此种新字并未流传。又据《释日本纪》与《本朝书籍目录》的记载，古有肥人书、萨人书等文字，为九州地方一部分的种族所用，但均未行于后世。这些日本固有的文字不能流传的原因，就是因为它们的产生，在汉字流传之后。它们的势力敌不过汉字，所以产生不久就消灭了。

汉字传入日本后，日本始有"文字"，已为人所公认。日本古代"文字"是借用汉字，可是"语言"却是自己民族的语言，用他人文字来配合自己的语言，其困难自不必说。汉字的性质是表语主义，是一语一字的文字，非以表音为主，乃以表意为主的文字。在言语学上是单音节语（一字一音节），日本语言用汉字来传达，实有许多困难。如果汉字是表音的单音文字，就可以借音来写日本语，而汉字却是用一个字来表单音节的一语的，是表意的文字。不如罗马字一样，可以拼各种的语言。适合于日本语言的文字，须是"多音节语"才相宜。例如"樱"花的"樱"字，日本人的发音有三音节，即"Sakura"。当日本没有文字的时代（即借用汉字的时代）如要把"Sakura"一语写出，因此语有三音节，就非去寻得三个相宜的汉字不可。于是他们寻出一个"散"字去表"sa"的音，寻出一个"久"字去表"ku"的音，又寻出一个"良"字去表"ra"的音，所以"樱"花的"樱"字在日本古代的写法，就是"散久良"。如果一字有四音节的，则须写出四个汉字，才足以表明一个日本语,这是何等的不便呢!

日本古代既没有文字,他们对于这种困难也只得暂时忍耐,后来对于借汉字表音的用法渐渐纯熟,因熟生巧,他们就想出了改革汉字的方法了。他们改革的方法,就是把汉字拆散。因为汉字的笔画太多,写起来不便,而日本语的发音又不需用几百几千的汉字,所以他们把少数的汉字拆开来,写成略体字。这些略体字便是后来的"片假名",一共有四十七个,都是从汉字蜕变而来的。四十七个片假名的蜕变如次——

ア—阿	イ—伊	ウ—宇	エ—江	オ—于	カ—加
キ—几	ク—久	ケ—介	コ—己	サ—散	シ—之
ス—须	セ—世	ソ—曾	タ—多	チ—千	ツ—川
テ—天	ト—止	ナ—奈	ニ—二	ヌ—奴	ネ—祢
ノ—乃	ハ—八	ヒ—比	フ—不	ヘ—部	ホ—保
マ—末	ミ—三	ム—牟	メ—女	モ—毛	ヤ—也
ユ—由	ヨ—与	ラ—良	リ—利	ル—流	レ—礼
ロ—吕	ワ—和	ヰ—井	ヱ—慧	ヲ—乎	

这四十七个片假名成于何人之手,已不可考。后来有人把这四十七个字加上三个(这三个也是那四十七个里面有的,不过重复罢了)合成五十个字,排列成五十音图(每行五个字,共列为十行),更便于发音与记忆。五十音图是照梵字的音韵排列的,有人说是精通印度梵文的人所排的,有人说是吉备真备(人名)的制作,或又说是慈觉大师一派的某僧人所作,都不能确考。至于制作的时代则假定为

嵯峨天皇弘仁时(公元810年)到村上天皇天历年间(公元947年),但也有异说。

既从汉字的楷体蜕化为片假名,不久又从草体蜕化而为"平假名",字数也与片假名同。有人将四十七个平假名列为七·五调的歌一首,据说为僧空海之作,近时学者已反对此说。大矢透氏的《音图及手习词歌考》,谓此歌(即《以吕波》歌)大约成于圆融天皇的天禄前后(公元970年前后)至永观时(公元983年)。制作的人,疑为空也、千观或他们同派的僧人。

自平假名产生后,曾有"女文字"之称。有女文字必有"男文字",男文字便是指汉字。据说平假名的使用多属妇女,妇女不能接触汉文(因为迷信的原故,不让她们接触),因此平假名为妇女专用。有人说并不是这种意思,平假名男子可以用,妇女也可以用,只是因为称汉文为男文字,故称平假名为女文字,别无什么用意。由此也可以想见日本人虽自己发明了"假名",但汉字并不因此失了势力。

日本文字自有假名以后,在应用上便宜了许多,从前没有"假名"时,写"樱"字要写三个中国字,现在只写三个假名就行了。或已知一汉字的意义,而不知此汉字在日本语的发音,只消在汉字旁用假名注出日本音便也行了。到了现在,日本语言的变化已经完成。文字简单,对于知识的普及,尽了不少的力。现将日本语言进化的程序,列举于下。

1. 形成时代(古代,奈良朝时代)

第一期　国初迄崇神朝时(黑暗时代)(公元纪元前660—[前]21)

第二期　崇神朝顷迄大化改革时(混成时代)(公元纪元前21—纪元后645)

第三期　大化改革迄奈良朝末叶(成熟时代)(公元645—794)

2. 发达时代(平安朝时代)

第一期　天历以前(公元794—946)

第二期　天历以后(公元946—1186)

3. 混乱时代

镰仓、南北朝、室町时代(公元1186—1603)

4. 分化时代

第一期　亨保以前(公元1603—1735)

第二期　亨保以后(公元1735—1867)

5. 统一时代

明治时代至现今(公元1867—)

日本文字与语言,在明治维新以后,已至统一完全之域。他们从荷兰人获得了罗马字,有许多"外来语"混入。所以除了原有的汉字、片假名、平假名等字外,又加入罗马字与"外来语"。在应用上是很便利的,已成为东方有力的一种文字了。

[注]平假名的字形可在普通的日语教本中得见,因排印的困难,这里没有列出。

三、文学史的区划

文学史里的年代的区划,是一件不容易的事。有许多文学史家,常依从皇室的朝代作文学史的区划的标准，本书不采用这种方法，以"时代"及"作品"为主，将日本二千数百年的文学，依"时代"划分为五个时期。

1. 上古文学（太古至奠都平安时 660BC—794AD）；
2. 中古文学（平安奠都至镰仓幕府创立 794—1190）；
3. 近古文学（镰仓幕府创立至江户幕府创立 1190—1603）；
4. 近世文学（江户幕府创立至明治维新时 1603—1867）；
5. 现代文学（明治维新以后到现今 1867—）。

[注] 关于日本各朝的区划，史家所定的年代（如公元某年至某年）略有出入，兹根据最普通者。

现再将上列五个时代的文学的性质，分述于下。

(一) 上古文学

指神代迄奈良朝末年的文学，约有一千四百五十四年。在这个时期，日本国土的开辟、民族的团结、文化的萌芽，都包含在内。这时中国的学问渐从朝鲜传入日本，借汉字以写日本民族的语言。文学著作有《万叶集》《古事记》等，足以代表古代日本民族的朴质的性格。

(二) 中古文学

这时日本发明了"假名文字"，但使用这种文字的，多半是女子，男子们仍去作汉文。这个时期虽只有三百九十六年，但却产生了不少的作品。贵重的"物语文学"便产生于此时，此外如日记、随笔、历史等作，都有特色。只是当平安时代，贵族竞尚骄奢浮华，作品纤丽柔媚,著名的作品多出自女流之手,这时代的作品有女性文学之称。又因文学只是贵族阶级的玩具,民众与文学无缘,又可称它做贵族文学时代。

(三)近古文学

这个时期包括镰仓、南北朝、室町等朝代,约有四百十年。这时日本国内起了战祸,社会感到极度的不安,因此佛教思想在此时最为流行。战事的主人翁是"武士",武士成为这时代的中坚。代表这时代的文学,一半是厌世隐遁的佛教文学,一半是表现"武士阶级"的武士文学。尤以描写战乱与武士的"战记物语"为最出色,称这时代为武士文学时代,也没有什么不可。

(四)近世文学

这个时代是日本文学的一大转机,从前的文学是与平民无涉的,到了此时,才从贵族武人的手里归还民众,就是说民众在此时获得了他们所需要的读物。剧曲与小说在此时都很发达,为后来的文学树立了基础。这个时期,可以称为平民文学时代。

(五)现代文学

这个时期,包含明治(1867—1912)、大正(1912—1926)、昭和(1926—?)①三个朝代。明治维新以后,日本的国势大振,文学也日趋发达,是为国民文学建设时代。日本文学能在现代的世界文学里争得一席地,便是这个时代大家努力的结果。此时期的文学,较以前各时代复杂,因为承受欧美文学潮流的原故,派别分歧,杰出的作家很多,具有"世界的价值"的作品也不少,呈现空前的壮观。

---

①昭和时代于1989年结束。

第二章　上古文学[1]

总　论

上古一语的范围，包含太古至奈良朝末叶（即公元纪元前660年到纪元后794年），约有一千四百余年。在奈良朝以前（即推古天皇即位，公元593年以前），日本的文化还是一片荒土，到了奈良时代，汉学与佛教侵入，日本的政治文物，才大受影响，圣德太子的大化改革（公元646年），便是这种影响所生的结果。那时在奈良地方，建立佛寺，并设汉学的教养所，选拔优秀，派遣中国留学。中日两国正式的交际，全由于"遣唐使"的力量。自中国的学术传入日本后，便促进日本的文化，最显著的就是文学。印度的佛教传到日本后，使得日本的美术更换了面目，最显著的就是建筑与雕刻。

由此看来，奈良朝以前的文学是未受外来思想的影响的；奈良朝时代，便是受了儒家与佛教的思想的文学。根据这一点，上古文学可

---

[1] 题目为编者加。

以划分为两个时期——

1. 奈良朝以前

（1）古代的歌谣

（2）祝词

2. 奈良朝时代

（1）《万叶集》

（2）《古事记》

（3）《日本书纪》

（4）《宣命》

（5）《风土记》

（6）《氏文》

以下分述这个时代的作品。

一、古代的歌谣

日本民族在古代享受着平静的生活，没有自然界势力的袭击或外族的惊扰与人为的大战乱，他们以务农为业，人民互相谦让，生活很平凡。在文学上反映出来的，没有伟大的叙事诗或富于想象、结构宏大的传记。他们所有的，只是少数的抒情歌谣。

古代歌谣经后来的人记入《古事记》与《日本书纪》等古典里面，故又称为《记》《纪》之歌。歌谣的作者，是古代的民众，但有一部分经过后代人的润饰。歌谣有完全的，也有只存断片的。关于歌谣的总数，据林诸岛编的《记纪歌集》里所收的，《日本［书］纪》里的歌有一百二十五首,《古事记》里的歌有五十六首。又佐佐木信纲博士编《日本歌选》(上古之卷)收《古事记》一百十六首,《日本[书]纪》百十四首。较《记纪歌集》所收约多二十首。此种相差,是因为没有将"断片"收入之故。据二氏所收的歌,我们可以知道《记》《纪》里的歌,大约有此数。

歌谣的分类,学者间也有异说。如芳贺矢一博士在《国文学史概论》里说:"《记》《纪》中的歌,是从上古传来的,没有疑义。这百八十余首的歌,可分为军歌、饮宴歌、恋歌、童谣四种。"高野辰之博士在《日本歌谣史》里则将古代的歌谣分为:战争的歌、饮酒的歌、恋爱的歌、哀伤的歌、宗教的歌五种。兹综合两氏之说,把古代歌谣分为:1.因战斗而作的歌,如军歌、凯旋歌等,以战斗作背景的饮宴歌也属这一类;2.以男女两性生活为动机的歌谣,包含恋爱及思慕等的歌谣。除此两大类外,还有祝贺、祓除、童谣、劳动、写情的歌谣。但为数不多,或原文残缺不全。

写战斗的歌谣,在《记》《纪》里颇多。一种民族还没有统一安定的时代,为民族兴亡安危,便非舍命战斗不可,因此便有死伤,受了这样的刺激,于是便发为歌谣。又因在战斗时要鼓励士卒,便有军歌的产生。在没有战斗时,出外狩猎,就有狩猎的歌。译引在下面的几首,可以代表这一类的歌谣。

1. 神武天皇的军歌

此其时矣!此其时矣!

哈!哈!哈![注]

就是此时,

孩儿们!

就是此时,

孩儿们!

[注]欢呼的声音。

2. 神武天皇至忍坂的大土窟,征伐"土蜘蛛"[注1],下令士卒,闻歌声时,拔刀杀贼,歌曰:

忍坂的土窟里,

有许多的贼子,

有许多的贼子。

我勇壮的久米儿郎呀!

用"头椎"的大刀,[注2]

用"石椎"的大刀,[注3]

——去击杀了罢!

我勇壮的久米儿郎呀!

乘此时机,

用"头椎"的大刀,

用"石椎"的大刀,

——去击杀了罢!

［注1］土蜘蛛为一种穴居的异族。《神武天皇纪》云："高尾张邑有土蜘蛛,其为人也身短而手足长,与侏儒相类。"

［注2］柄如椎形的大刀。

［注3］柄首以石为饰的大刀。——此非指大刀有两种,乃同言一种,重言所以整语调也。

3. 神武天皇伐长髓彦（登美毗古）时,歌曰：

勇壮的久米儿郎
耕种的粟田里,
生着一根韭,[注]
你们斩它的根与茎,
灭它的根与芽。

［注］韭喻贼子。

又歌曰：

勇壮的久米儿郎,
在垣脚下种了辣椒,[注]
我们恨那贼子
如辣椒辣我们的口,
——永不能忘,

努力杀贼!

[注]原文作姜(Hajikami)。

又歌曰:

> 我们包围敌人,
> 如细螺围绕波涛汹涌的伊势海的大石,
> 努力杀贼!

又神武天皇伐兄师木弟师木[注]时,兵卒疲惫,因作歌曰:

> 在伊那佐山的林间,
> 往来侦伺敌人,
> 攻打敌人,
> 大众都饥饿了,
> 鹈养的儿郎们
> 快些带粮食来救济呀!

[注]师木,地名,今之矶城郡,昔为弟兄二贼所据,故云。

4. 神武天皇东征凯旋时张宴作歌:

> 在宇陀的高地上,

张了捕鹬的网,[注1]
等候它来捉住它。
不料鹬鸟捕不着,
巨鲸倒来投网罗。
你们的正妻向你讨鱼肉,
你只割一点儿给她;
你们的侧室向你讨鱼肉,
无论多少你总得给她,
哈!哈![注2]

[注1]古时大宴必用鹬鸟作肴。
[注2]有嘲笑之意。

古代歌谣中写男女恋爱之情的,以八千矛神(即大国主命)赴高志国向沼河姬(沼河比卖)求爱时的唱和,以及八千矛神和他的正妻须势理姬的赠答为最杰出,歌的全部,译引如次。

八千矛神[注1]赴高志国[注2],求婚于沼河姬,到了她的门口,歌曰:

八千矛寻遍了国内,
难觅合意的妻子;
在远远的越后国,
听说有贤淑的女郎,
听说有美貌的女郎,

便前去结婚,
走去结婚。
腰刀的绦还未解,
外套也还未脱,
立在门外,
去推她闭着的门,
拉她闭着的门,
(一直到天亮)
青山里有枭鸟叫,
野有雉鸣,
庭有鸡啼,
薄情的,啼着的鸟呀!
叫烦恼打杀这鸟罢![注3]

从远道来的我,
向女郎说的话,
女郎可听着了么?

沼河姬未开门,在内歌曰:

八千矛神!
我是柔弱的女儿。

现在我的心中，
正如飞翔在水渚上的
不宁静的水鸟；
到了今晚上，
便像那浮在静浪上的鸟一般了。[注4]
好好将护君的命，
切勿因爱丧了君的身！
我谨致此词，
传达我的腹心。

日光没后，
到了夜间，
我开门来迎君，
君的笑颜如晨曦，
君将粉白的手腕，
摸我的软如雪沫的酥胸。
拥抱我的酥胸，
白玉一般的，玉一般的手互相枕着，
伸长着股儿睡觉罢。
——且忍耐这一宵，
切勿因爱而心焦。
八千矛神！

故其夜二人未交合,次日之夜始交合云。

八千矛神的正妻须势理姬甚嫉妒,他感着困难,将离出云赴倭国,束装上道时,他双手置马鞍上,一足踏入镫内,歌曰:

穿上了黑衣,

像海鸟回翔时自顾他的胸脯,

振袖看自己的服装,

将这不称身的黑衣裳,

脱弃在近浪的石矶旁。

换上了碧青的服装,

像海鸟回翔时自顾他的胸脯,

振袖看自己的姿首,

将这不称身的青衣裳,

脱弃在近浪的石矶旁。

舂好了山中采来的茜草,

将红色的汁水染上了衣裳,

像海鸟回翔时自顾他的姿首,

只有这套是称身的衣裳。

可爱的妻呵!

我带着鸟群去了,[注5]

我领着鸟群去了。

你表面说不哭,

你终如山隈的一根"薄"草,

倾颈而哭罢。

你流泪如朝雨,

你叹气如朝雾。

娇嫩的妻呵!

他的妻见他要走,举着大酒杯,向他歌曰:

八千矛神!

你是一个男儿,

你出外遍寻岛岬的各处,

你觅遍各处的矶石,

你将得着中意的妻子。

我呵!是一个女儿,

舍了你我没有男子,

舍了你我没有丈夫。

(你不要去呀!)

在绫帐下的柔软的帷里,

在如绵的暖衾里,

在白净的被单里,

将你的雪白的手，
摸我的软如雪沫的酥胸，
拥抱我的酥胸。
白玉一般的手互相枕着，
伸长着股儿睡觉罢！
我谨献这杯美酒。

歌后，交盏而饮，互以手加颈上，睦甚，八千矛神终于没有他去。（译者加注）

［注1］八千矛神又名大国主命，或称大穴牟迟神，苇原色许男神，宇都志国玉神。
［注2］高志国即越后国。
［注3］八千矛神在门外等了一夜，又不好直接埋怨他的爱人，只得借鸟来出气。
［注4］沼河姬和八千矛神的恋爱是秘密的，八千矛神来访，她怕家中人知道，故如是云云。
［注5］"鸟群"比喻从者。

八千矛神的恋爱歌，原文的音节很美。当他立在沼河姬的门外歌唱的时候，深深地写出神□□的焦躁的心理。即把它放在近代的□□里面，也没有什么逊色的。此外□□到——

到了夜间，
我开门来迎君，

> 君的笑颜如晨曦,
>
> 君将粉白的手腕,
>
> 摸我的软如雪沫的酥胸,
>
> 拥抱我的酥胸,
>
> 白玉一般的,玉一般的手互相枕着,
>
> 伸长着股儿睡觉罢。

——等,已是"官能的"描写。这首长歌显然经过后人的润饰,但在"口诵传承"的时代,必已存在无疑。

古代歌谣中还有咏轻太子的恋爱的几首,也是很优美的,惜文辞简短,终赶不上这一首。

二、祝词

"祝词"是人民祈祷的声音。因为对于神表示真诚,所以在祭祀时颂读"祝词"。目的在于除邪恶,保幸福,使人心净化。古代人民想使神心柔和,保佑国主,五谷丰登,无灾无难,当时便借用"言语之灵"去恳吁神祇,因此遂有"祝词"的产生。

古代的祝词,载于《延喜式》第八卷。《延喜式》共五十卷,内容记录百官的政务。由藤原忠平、藤原清贯、大中臣安则、伴久永、阿刀忠行等五人奉旨编纂,成于公元927年(即平安朝醍醐天皇延长五年)。书中举出七十五种祝词的名目,并记祝词的本文二十七种。

祝词的形式本为散文,却富有诗的趣味。祭神时由中臣、斋部

(均神官名)高声诵读。《祈年祭》与《大祓词》两种较其他的祝词为有价值。祈年祭在每年二月四日举行,此时正当下种的季节,故由神官诵祈年祭的祝词,以求五谷丰穰。大祓在每年六月末及十二月末举行,诵大祓祝词,代人民祓除他们所犯的罪过。下面引用的是《大祓》祝词,原文用汉字表日本字的音,助词则用小字表示,成为一种奇怪的文体。

大祓祝词原文:

集侍亲王、诸王、诸臣、百官人等诸,闻食止宣。天皇朝廷尔侍奉留比礼挂伴男,手襁挂伴女,靫负伴男,剑佩伴男,伴男能八十,伴男乎始氏,官官仕奉留人等乃过犯(家牟)杂杂罪乎,今年六月晦之大祓给比清给事乎,诸闻食止宣。高天原尔神留坐皇亲,神漏岐、神漏善乃命以氏八百万神等乎,神集集赐比神议议赐比氏,我皇御孙之命波,丰苇原乃水穗之国乎,安国止平久知所食止事依志奉伎。如此依志奉志国中尔荒振神等(乎波)神问(志尔)问志赐比神扫扫赐(比氏)语问志,磐树立,草之垣叶(牟毛)语止氏,天之盘座放,天之八重云乎,伊头乃千别尔千别氏天降依志奉伎。如此久依(左志)奉志四方之国中登大倭日高见之国乎,安国止定奉氏,下津盘根尔宫柱太敷立,高天原尔千木高知氏,皇御孙之命乃美头乃御舍仕奉氏,天之御荫,日之御荫止隐坐氏,安国止平(志久)所知食武,国中尔成出武天之益人等我过犯(象车)杂杂之罪事波天津罪止畔放、沟埋、樋放、频莳、串刺、生剥、逆剥、屎户,许许太久乃罪乎,天津罪止法别(气氏),国津罪(止八)生肤断,死肤断,白人,胡久美,己母犯罪,己子犯罪,母与子犯罪,子与母犯罪,畜犯罪,昆虫乃灾,高津神乃灾,畜仆志,蛊物为罪,许许太久乃罪出武。如此出波天津官事以氏,大中臣,天津金木乎,本打切末打断氏千座,置座尔置足(波志氏),天津管曾乎,本苅断,末苅切氏,八针尔取辟氏天津祝词乃太祝事乎宣礼。如此久乃良波天津神波天盘门乎押波氏,天之八重云乎伊头乃千别尔千别氏所闻食武。国津神波高山之末,短山之末尔上坐氏,高山之伊穗理,短山之伊穗理乎拨别氏,所闻食武。如此,所闻食(氏波)皇御孙之命乃朝建乎始氏天下四方国(尔波)罪止。云布罪波不在止科户之风乃天之八重云乎吹放事之如久朝之朝雾,夕之御雾乎朝风夕风乃吹扫帚事之如久,大津之边尔居大船乎舳解放,舻解放氏大海原尔押放事之如久,彼方之繁木本乎烧镰以氏打扫事之如久。遗罪波不在止被给比清给事乎,高山之末,短山之末(与理)佐久那太理尔落多支,速川能濑坐须濑织津比咩止云神,大海原尔持出(奈武)如此持出往波,荒盐之盐乃八百道乃八盐盐道之盐乃八百会尔座须速开都比咩止云神持歌吞(氏牟)。如此久歌吞(氏波),气吹户坐须气吹户主云神,根国,底之国尔气吹放(氏牟)。如此气吹放(氏波),根国,底之国尔坐,速坐须良比咩,登云神持,须佐良比失(氏牟)如此失(氏波),天皇我朝廷尔仕奉留官官人等始氏,天下四方(尔波),自月始氏罪止云罪波不在止,高天原尔耳振立,闻物止马牵之氏,今年六月晦日夕日之降乃大祓尔被给比清给事乎诸闻食止宣。四毛国卜都等大川道尔持退氏被却止宣。

下译文：

聚集于此的亲王、诸王、百官人等,其洗耳倾听：因使臣僚伺从、男男女女、负弓者、佩剑者,洗清他们的罪过,故举行六月晦日的大祓。

高天原的男女神祇祖先,曾召集八百万神祇聚议,议定以治理丰苇原水穗国(即日本)任务托付于皇孙(按即迩迩艺命)。故必先扫荡丰苇原的恶徒,将背逆皇命的凶恶神祇,一一审询而驱逐之。俟国内泰平,即一草一木,均安静无扰,乃排云雾而使皇孙降临下界。

皇祖所赐各地,以大和国为最丰饶,遂择定此处,营造庄严的宫殿,坐镇其内,以宰治天下。国内人民,年年繁殖。因将人民所犯各罪,别为二种：凡毁稻田区划(原文,畔放),塞堵水沟(原文,沟埋),毁稻田水渠(原文,樋放),下种重叠(原文,频莳),以木签插田泥内(原文,串刺)(按：以上为妨害农业之罪)是曰天罪。

凡断生物肢体(原文,生肤断),断死者肢体(原文,死肤断)(按:以上为肢体伤害罪);白人(Sirobito,即皮肤毛发皆白之谓),胡久美(Kokumi,患赘瘤有肉下垂之谓)(按:以上为疾病,患者使他人生不快之感,故有罪);母子相通罪;淫其母次及其女之罪,淫其女次及其母之罪,畜淫罪(指与畜淫或淫畜之罪)(以上为性的犯罪);受蜂蝮等之害,受雷神之灾,受鸟之害(虫鸟害人,必受害者获罪于神,故有罪);杀家畜(原文,畜仆)(因虐待生物,故有罪);诅咒他人(使他人生活不安,故有罪)是为国罪。

此二种罪过,发现于人民间最多。凡诸罪发现时,即依高天原仪式,由大中臣(官名)以各种丰厚的祭物供奉,朗诵祝词。

祝词既达上天,天神乃启"天之岩户",排除重叠的云雾以纳之,国神亦在高低各山上,排烟霞以纳之。

祓除以后,皇孙朝内以及四海人民,得免罪过。洗清罪恶,有如疾风吹散云雾;如泊于港湾的巨舶,解缆以入于海;如以火中锻炼的利刃切断厚重之木,一切罪恶悉净。被祓除的罪恶,有坐镇于高山流下的急湍上的濑织津女神驱之入于大海。诸罪既入海中,有速开都女神悉吞灭之。

又有气吹户女神,吹诸罪入于幽冥,居幽冥界的速佐须良女神乃吹散毁灭诸恶。诸罪既灭,自王公以至四境人民,自此以后,悉免罪愆。

诵此祝词者,须朗声使四方悉闻。经此祓被,六月晦日以后,诸罪皆得解脱。

[注]译文括弧内注解,为译者所加。

三、《万叶集》

《万叶集》的编纂,约在奈良朝末叶。传为橘诸兄奉敕所选的歌集(贺茂真渊主此说),但近代学者不取此说。释契冲著《万叶集代匠记》,谓此集成于大伴家持之手,此说已为学者所公认。家持自幼时起,曾把见闻的歌记了下来,迄天平宝字三年时,依时代次序排列。自此以后,便未依顺序。全集共有二十卷,第一至第十六卷为家持搜集的歌;十七至二十卷,则为家持自己的著作。全集歌数为四千四百九十六首。内计长歌二百六十二首,短歌四千一百七十三首,旋头歌六十一首。作歌者男子五百六十一人,女子七十人。歌的种类分长歌、短歌、旋头歌三种。就歌的内容,可分为杂歌、挽歌、相闻歌(广义的恋爱的歌)、譬喻歌、四季杂歌、四季相闻六种。仁德天皇至光仁天皇(公元313—781)年间的歌都包括在内。此集不仅是日本古代诗歌的总集,又可以从那些诗歌,推考古代的社会相,是日本古代的文化史。如咏古代的交通困难、夫役兵役、两性关系、宗教的习俗、家族爱与邻人爱、厌世思想等的歌,均为后世研究民俗者所重视。

原集第一卷全部都是杂歌,杂歌是歌咏帝王行幸、游宴、旅行及其他杂事的歌,第一卷咏行幸的歌较多。第二卷的前半部是相闻歌,后半部则为挽歌,"相闻"二字,见于我国的《汉书》《搜神记》《文选》等籍内,有往复存问之意。挽歌见《晋书乐志》,本为挽柩时的歌,也就是哀悼的歌。外如病中或临终时的歌与后人的歌都收入此卷。第三卷收杂歌、譬喻歌、挽歌三种,譬喻歌是咏风月花鸟以抒写幽情的歌,为相闻歌的一部分。第四卷全部为相闻歌。第五卷为杂歌,多山上忆良之作,也有佚名的。此卷中的《今反感情歌》与《哀世间难住歌》为山上忆良的代表作,除山上忆良的歌以外,还有大伴旅人等的歌。卷六为杂歌,以"行幸"的歌最多,此外关于迁都、旅行、宴会的歌也不少。卷七中的歌的作者均已佚名,中收杂歌、譬喻歌、挽歌等。卷八内的作品依四季区分,每季更分杂歌与相闻歌,按年代排列。卷九内收杂歌、相闻、挽歌。卷十内的作者佚名,也别为四季,每季更分为杂歌与相闻歌。卷十一与卷十二集古今的相闻往来的歌,卷十一中有旋头歌与譬喻歌,卷十二中有羁旅出发的歌与悲别的歌。卷十三收杂歌、相闻、问答、譬喻歌、挽歌等。卷十四所收者为东歌,此卷颇重要,东歌即东国人的歌之意,即是当时的"民谣",此卷按各地地名排列,歌数三百余首。卷十五收悲哀离别的歌。卷十六收传说的歌与滑稽的歌。卷十七至卷二十为大伴家持的作品,歌数甚多。

《万叶集》中的男歌人,以山部赤人、柿本人麻吕、大伴家持、山上忆良四人为杰出。女流歌人以大伴坂上郎女、石川郎女、额田女王、誉谢女王为著名。

山部赤人的身世已不可考,惟知曾侍圣武天皇,官位甚低,侍驾游纪伊、大和、伊豫诸地。他的歌以短歌为最佳,善写自然界的景色。

他赞美自然的清净,厌恶人世的污浊,且憎当时社会生活的腐败,他寄托于自然,抒写胸怀。现译出他的几首短歌,略觇他的风格。

1. 相闻(寄霞)

  相思着过了今朝,
  有霞笼罩的明天的春日,
  怎样过呢?

2. 同前(寄霜)

  这样的深夜休要归去呀,
  道旁的小竹上,
  铺着霜的夜。

3. 同前(秋)

  莫问立在那里的是谁呀,
  是九月的露水濡湿了的
  待着君的我呀。

4. 反歌

  到田儿浦去,

只看粉白的雪，

降落到富士山的顶上。

5. 杂歌

秋风生凉了，

不并骑到郊外去吗？

——看荻的花。

6. 同前

今宵破晓时郭公鸟的啼声，

你听着了么？

或是在朝寝？

7. 同前

夜渐深了，

长着楸树的清寂的河原，

千鸟[注]频频的叫唤。

[注] 水禽名。

8. 同前

> 到春日的野外，
> 去摘紫云英的我，
> 恋着郊外，
> 竟夜忘归了。

9. 同前

> 想送给友人看的梅花，
> 积了白雪，
> 花也难于分辨了。

10. 同前

> 在武津浦荡着的小舟呀，
> 背着粟岛驶去，
> 可爱的小舟呀！

柿本人麻吕的身世已不可考，他善作长歌，以抒情为杰出，他歌离别与恋爱的歌，雄浑优雅。所作哀悼诸诗，富于情感，最能动人，兹译引他的两首长歌(代表作)于下。

挽 歌

——柿本人麻吕妻死后作[注]

遥远的轻市,

是妻的乡里;

到轻市去的路途,

时时都想看见。

若竟去了,要惹起人家的注意,

常常去呢,人家也会知道的。

我心中这样思忖:

横竖日后要相逢,

便坐在屋内想念着度日,

不去又何妨呢。

水藻似的附着我寝的妻呀!

你如落山的夕阳,

你如浮云蔽着的月儿,

——逝了,逝了。

使者来告时,

听着他的声音,

我无所措,忐忑不宁。

我深深恋着的情,

能有几分得着安慰?

我妻平日眺望的轻市,
我立在那里静立着听——
亩火山的鸟语犹昔,
何处能闻我妻的声音?
路上来往的行人,
更无一个似我妻,
吁嗟!万事皆休,
唤着妻的名儿,
拂袖而归。

［注］歌中人麻吕所称的妻,实际是他秘密恋着的爱人,因怕人家知道,所以歌里有"若竟去了,要惹起人家的注意……"等句。

附:

短歌二首

秋山里的红叶繁茂,
欲觅迷途的妻,
但不识山径。

去年看过的秋夜的月,

依旧照着,

同眺的妻,

渐渐的远了。

附反歌:

柿本人麻吕别妻时作歌

石见国的津农海岸,

没有港湾,

也没有砂洲,

没有港湾正好,

没有砂洲何妨。

和多豆的荒矶上的碧绿的海藻——

朝被风吹,

夕为浪打,

随波飘动。

我别了海藻般倚着我同寝的妻,

来到道中的弯曲处,

我几次回顾,

乡里渐远,

山道一步高一步。

家中的妻,萎同秋草似的想念我罢。
遮着我的山呀!
为我俯首!
我要看我妻的家。

反歌:

妻(立在门外)从石见国都农山的林间,看见我拂袖吗?
别妻后来到山道,山风吹竹叶沙沙作响,虽是骚然,怎能扰我思妻的心呢!

大伴家持是大伴旅人的儿子。他的歌可以分做三个时期。第一期为热情时代,此时他是一位贵公子,欲得才媛闺女的欢心,常借杜鹃鸟、梦等作题目,作恋爱歌。第二期是模仿时代,他仿柿本人麻吕作歌,哀悼自己的兄弟;仿山部赤人咏风景;仿山上忆良,悲人世无常,咏厌世思想。第三期为成熟时代,此时期的歌,使他在万叶歌坛上,成为名家。译引在下面的一首短歌,是他的佳作。

我想念着的父母,
如果是花就好了。
——如果是花,
我在旅途上好捧着走。

山上忆良死于天平五年（公元732年），年七十四岁。曾为筑前守，在任时与大伴旅人（家持之父）往来，所以他任筑前守前五六年间的歌，能流传于世。他精汉学，佛学也颇有研究。他的歌里所表现的，多为佛家的厌世思想。下面译引的一首长歌，是他的代表作。

贫穷问答歌

山上忆良　作

北风飒飒，

雨雪霏霏的晚上，

酷寒到这样，

叫我如何能忍受。

取了一块硬盐嚼在口中，[注1]

再啜一口糟汤酒，[注2]

咳咳喘喘止不住，

鼻子塞住气不通，

摸着疏落的胡须，

自忖谁似我豪气。

——可是冷得要我的命，

赶忙盖上麻布被，

把所有的无袖的短褂都穿上身。

在这般寒冷的夜里，

还有比我更穷苦的，

他们的爷娘受饥寒,

他们的妻、儿哭着叫唤。

"在这般时候,

你如何度日?"[注3]

"天地虽宽阔,[注4]

在穷人只觉窄狭;

日光虽明亮,

照不到穷人头上。

难道世人都是如此么,

抑只我一人是这样?

上天不易生出一个人,

我也和他人一样的住在人间世,

而我肩上披着的是无棉无袖,水松似的褴褛;

矮而偏斜的小屋内,

土地上铺的是干稻草。

父母睡在我枕旁,

妻儿睡在我脚下,

围绕着我抽声叹气。

灶上没有烟,

饭甑张蛛网;

忘却了三餐，

呜咽声似鸟。

谚云'寸木又削尖，

痛疮再灌盐'。

里长挟着板子走进来，

立在身旁厉声叫我付租钱，

这样的日子怎样过，

——我的天！"

[注1]硬盐即成块的盐，与沙盐细盐(有钱人吃的)有别。

[注2]糟汤酒是用水泡酒糟而成的。

[注3]歌题为"贫穷问答"，故诗人设问。

[注4]以下是答辞。

附：

反 歌

这样的度日，

想起来又是辛酸，

又是悲苦，

既非生有翅膀的鸟，

不能飞去奈若何！

《万叶集》中女流歌人的著作，杰出的也不少。我们看过上列四个作家的作品，已足窥原作的一斑。女作家的作品，兹不遑枚举。

四、《古事记》与《日本书纪》

《古事记》编纂的动机，是由于继承天武天皇的修史计划。由《古事记》的序文，知天武天皇以前，已有历史的记录。到了天武天皇时，他以从前的记载多误，亲自加以改削，将历代传闻与先代旧事口授舍人稗田阿礼。过了三十年，即元明天皇和铜五年时（公元712年），太安麻吕奉诏编撰史书，他把稗田阿礼口述的史实笔录下来，加以编纂，便是这一部《古事记》。

原书共分三卷：第一卷最富艺术的价值，叙日本建国神话与传说；第二、第三两卷则叙历代的史实与传说。这是一部日本神话传说的总集，包含战争、恋爱、动物、英雄的传说。原文以记事为主，中间插入歌谣。那时的文字还未完全，所用的文字是很异样的，以表音的汉字与表意的汉字混合着使用，正如编纂者的《进书表文》里所说："或一字之中交用音训，或一事之内全以训录"，是很难懂的。后来经过许多学者的校注诠译，才易于阅览。现摘录原书的首四段为例，并附译文。

> 天地初发之时，于高天原成神名。天之御中主神，次高御产巢日神，次神产巢日神。此三种神者，并独神成坐而，隐身也。次国稚如浮脂而，久罗下那洲多陀用币流之时，如

苇牙因萌腾之物而,成神命。宇麻志阿斯诃备比古迟神,次天之常立神,此二柱神六独神成坐而,隐身也。

上件五柱神者别天神。

次成神名,国之常立神。次丰云上野神,此二柱神亦独神,成坐而,隐身也。次成神名宇比地迩神,次妹须比智迩神,次角杙神,次妹活杙神,次意富斗能地神,次妹大斗乃辨神,次淤毋陀琉神,次妹阿应诃志古泥神。次伊邪那歧神,次妹伊邪那美神。

上件自国之常立神以下,伊邪那美神以前,并称神世七代。

于是天神谐命以,诏伊邪那歧命。伊邪那美命二柱神,修理固成是多陀用币流之国,赐天治矛而,言依赐也。故二柱神立天浮桥而,指下其治矛以画者,盐许袁吕许袁吕迩画鸣而,引上时,自其矛末垂落之盐,累积成岛,是淤能碁吕岛。

于其岛天降坐而,见立天之御柱,见立八寻殿,于是问其妹伊邪那美命曰:"汝身者如何成?"答曰:"吾身者成成不成合处一处在。"尔伊邪那歧命诏:"我身者成成而成余处一处在。故以此吾身成余处,刺塞汝身不成合处而,以为生成国土奈何?"伊邪那美命答曰:"然,善。"尔伊邪那歧命:"诏然者与汝行回逢,是天之御柱而,为美斗能麻具波比。"如此云期,乃诏:"汝者自右回逢,我者自左回逢。"约竟以回时,伊邪那美命,先言:"阿那迩夜志,爱袁登古袁。"各言竟之后,告其妹曰:"女人先言不良。"虽然久美度迩兴而,生子水姪子,此子者入苇船而流去,永生淡岛,是亦不入子之例。

译文

天地开辟时,生于高天原的诸神,其名为:天之御中主神,高御产巢日神,其次为神产巢日神,这三位神均是独神,又为隐身之神。

此时世界尚未成形,如同浮脂,又如水母,飘浮不定,此时有物如苇芽萌长,便化为神,名曰宇麻志阿斯诃备比古迟神,其次为天之常立神。这二位神也是独神。且为隐身的神。

以上五尊神为别天神。

其次成长的神,名为国之常立神、丰云上野神,这二位神也是独神,且为隐身之神。其次成长的神,名为宇比地迩神、妹须比智迩神。其次为角杙神、妹活杙神;意富斗能地神,妹大斗乃辨神;淤母陀琉神,妹阿应诃应古泥神;伊邪那岐神,妹伊邪那美神。

以上自国之常立神迄伊邪那美神,并称为神世代。

于是天神诏伊邪那岐、伊邪那美二神,命他们去造成那飘浮不定的国土,赐天之琼矛。故二神站在天之浮桥上,把琼矛插进水里搅动,提了上来,从那矛尖流下的海水,凝结成为一岛,是曰自凝岛。

二神遂降至岛上,建立天之御柱,造八寻殿。伊邪那岐问其妹伊邪那美曰:"你的身子是怎样长成的?"答曰:"我的身子都已长成,但有一处未合。"伊邪那岐神曰:"我的身子都已长成,但有一处多余,现以我的多余处,刺塞你的未合处,怎样?"伊邪那美答曰:"唯。"伊邪那岐神曰:"我和你绕着天之御柱走去,相遇时行房事。"约定后,又曰:"你从右转,我从左转。"约好后,正绕柱行走时,伊邪那美先道:"呀,一个好男子!"伊邪那岐说道:"呀,一个好女子!"说过之后,伊邪那岐向其妹说道:"女人先说,不良。"但仍行闺房之事,生水蛭子,将此子放在苇船里,让他漂流。次生淡岛,此子也不列入子女数内。

上列译文里面,写到伊邪那岐神与伊邪那美神交合处,是很天真朴质的。万物的原始,全在于爱欲。原始的民族,他们还没有披上道德、伦理的外衣,所以会大胆地说出来。上例不仅只作原文与译文的对照观,也可以略窥《古事记》的艺术的优点了。

《古事记》的精华全在神代卷(第一卷),可作日本民族的建国传说读,任摘出其中的一段,均可敷衍成一篇有趣的传说。建国传说的内容,略述如下——

当天地混沌,山海未成形,日月也还未照临大地的时代,有男神伊邪那岐、女神伊邪那美二神和天之御中主神等,奉令造成国土。二神拿了神赐的天治矛,立在天浮桥上,用矛搅下界,从矛尖滴落下来的水,凝固成形,就成了自凝岛,此岛为二神生殖的灵地。二神住居岛上,努力于国土的成长。先生水蛭子,神把他放在苇船里,任他飘流;次生淡岛,也不列入子女内。后生十四个大八岛国与三十五柱神祇。伊邪那美产最后的一个神时(此神为火神,名火之迦具土神)下身为火烧,遂死。伊邪那岐失了爱妻,哀恸之余,不觉大怒,拔了十拳剑,斩了火神,从火神的血里又生出了许多神出来。伊邪那岐虽然掌着造化作用,却尚不能忘记他的妻子,便到黄泉国去寻她。女神知道他来了,走出殡殿来迎接。他对女神说,我们制造国土,尚未成形,你何不同我回去,完成工作呢。女神答道,我来此处,自己是不能够做主的,让我和黄泉神商量去吧。说毕,女神便进殡殿去了。伊邪那岐在外面等了许久,不见女神出来,他犯了"不可窥视"的禁律,无意地向殿里一看,只见女神的身上,有蛆虫涌出,有八个雷神,在她的身旁。伊邪那岐见了大惊,便想逃回来。女神怒他犯了"不可窥视"的禁律,派了豨母都志许卖来追。他见志许卖追近了,就取了发鬘掷去,那鬘变成了野葡萄,志许卖见了葡萄,就摘了吃,伊邪那岐才得脱身。志许卖吃了葡萄,又赶来追他,他拉下栉上的齿,向志许卖掷去,那栉齿变成了竹笋,志许卖见了竹笋,又去取食,伊邪那岐又逃开了。女神知道他已逃远,又命八个雷神率领黄泉军来追。伊邪那岐挥着宝剑,逃到幽明两界交界处,他取了三个桃子,向追兵掷去。黄泉军被掷退了。伊邪那岐移了一块大石,塞住到黄泉去的路口。女神随后追到这里,不能前进。伊邪那岐隔着大石,向女神道:"我们的缘分已尽,以后长别了。"女神道:"你和我断绝关系以后,我将使你国里的人,每日死亡一千。"伊邪那岐答道:"你死我的一千人,我就生一千五百人。"后来伊邪那岐到橘小门去洗净黄泉国的污秽,洗左眼时,生了天照御神;洗右眼时生了月读命;洗鼻子时,生建速须佐之男命(注:一名素笺血鸣尊)。

伊邪那岐生了三个神,心中大喜。他命天照御神统治高天原;命月读命统治夜食国;命建速须之男统治海原。天照御神和月读命肯听伊邪那岐的话,只有建速须佐之男命时时想到黄泉国去看他的母亲,因此悲泣,他的宏壮的泣声震撼山河,父亲大怒,决心赶走他。建速须佐之男命不得已,便到高天原去访他的姐姐天照御神去了。

建速须佐之男命行路时山摇地动,到了高天原,天照御神防他有什么异心,整顿军马迎接他。天照御神问他为什么来高天原。他说自己想去会母亲,父亲不许,所以不愿回转海原,特意到高天原来。天照御神听了,就叫他拿出证据,于是他就发誓。后来从建速须佐之男命的剑上生出了三个女神,从天照御神的勾玉生了五个神。他生了美丽的女神,就足以证明他的心地是光明的。建速须佐之男命自此以后,渐渐骄傲。他对于农人的耕种,时加妨害,又遗秽在新壳殿上。天照御神对于弟弟的行为,一向都待以宽大,不去责备他。他因此更加残暴,有一天,天照御神在屋里织布,他从屋穴把活剥下来的斑马皮投进屋内,天照御神受惊,便走进天之岩户,不复现形。于是高天原与苇原中国等处都失了光明,恐怖的黑幕,遂笼罩各地了。

邪神跳梁,天地黑暗很久。诸神眼见世界沉沦,很希望天照御神复出。诸神商量的结果,把勾玉、白布、麻布等,装饰在神木上,建立在天之岩户前面,朗声诵祝词,天宇受卖命又按拍跳舞,大家快乐的祈祷。天照御神听着了,心为之动,开了天之岩户,偷看下面,被手力男神瞧看了,便赶忙把她拉出来,于是世界才得重见光明,邪神也销声匿迹了。诸神互相庆贺,是不用说的。八百万神祇集议之后,把建速须佐之男命的手足、指甲拔掉,赶他出高天原。

说到这里,神话的舞台,要转到出云地方去了。建速须佐之男命被逐出高天原,他流落在出云的肥河附近,名叫鸟发的地方。在那里遇着一对老夫妇。老夫妇告诉他说,高志地方有一条八首(八岐)大蛇,年年害死少女,现在轮到他们的女儿栉名田姬去做蛇的牺牲,他们因此悲伤。建速须佐之男命听了老夫妇的话,对于他们的女儿很表同情,憎恶大蛇的残暴。他又问大蛇是个什么模样,老夫妇畏怯似的说道:"此蛇有八头八尾,身上长着青苔树木,长亘八谷八峰,腹现赤色,已经腐烂。"建速须佐之男命听了,并不惧怕,他打定主意，去杀了大蛇，把少女救出。他准备了许多酒，放在门外，等待大蛇。大蛇来了，见酒就喝。大蛇醉了，建速须佐之男命拔了腰间的十拳剑，去砍大蛇。斩蛇尾时，刀锋忽缺，他仔细切开蛇尾，见里面有一口宝剑，他便收为己物，即是后来的草薙剑，又名丛云剑。

建速须佐之男命斩了大蛇，他便和栉名田姬结婚，住于出云。造宫殿时，他见有庆云笼罩宫殿，便吟了一首短歌，歌曰：

夜久毛多都，

伊豆毛夜币贺岐，

都麻棋微尔，

夜币贺岐都久流，

曾能夜币贺岐哀。

（歌意）

造了宫殿，

夫妻同居，

庆云升起了，

笼罩着宫殿

如重重的绫垣。

后来夫妇之间，生了一个男神，名叫八岛士奴美神，生了一个女神，名叫须势理姬，过着和平的日子。神话中有名的大国主命便是他的女婿,现在要讲到大国主命了。大国主命的神话,以他的恋爱故事为序幕。

他听说稻叶地方,有一个美人,名叫八上姬,他想去向她求婚,同时他的哥哥八十神们也想得八上姬为妻。弟兄抱着相同的目的,便首途了。大国主命年纪最幼,人最聪明,他的哥哥们(总称为八十神)都恨他,嫉妒他。八十神叫他替他们担行李。因为行李很重,八十神们都走在前头,他一个人落后。八十神们来到因幡国的气多海岸,看见草里有一匹脱了毛的白兔,正在哭泣,他们便走近兔的身旁。问道:"你为什么变成这模样了?"兔答道:"我是隐岐岛的白兔,被大水冲流到此,我想渡海回去,但是没有船只。于是我想了一条计策。我对海边的鳄鱼说,你们的族类没有我们的多,那鳄鱼不服,硬说他们的族类比我们的多。我就骗他说,除非你把你们的族类通统叫出来,我才肯信。那鳄鱼不知是计,便去叫他们的同族来浮在海上,我便从鳄鱼的背上渡过海去,后来鳄鱼怒我欺骗他们,便咬伤了我,请你们发点善心救救我吧!"

八十神们原是恶神,听了兔子的话,心中便想捉弄兔子,故意说道:"原来如此,那是真可惋惜了,快莫哭泣,我们教你即时止痛的方法。你快些到海水里沐浴,再走到石岩上让风吹干,痛可以止住,皮肤也可以复原了。"兔子想他们的话是真的,连声称谢。他到了海水旁洗了身体,再到石岩上去吹风。他却不晓得海水是咸的,被水吹干了,皮肤裂开,痛得要命,比先前更加厉害了。兔子不能忍耐,只得在地上打滚。这时大国主命走过那里,看见兔子的模样,他就问兔子何故如此。兔子一五一十地将前后的事告诉他。大国主命听了,觉得兔子十分可怜。他教兔子快点到河里去用清水洗净身体,再把河岸旁生长着的蒲草的穗,取来为兔子敷在身上。一刻工夫,痛止住了,毛渐渐复生了。兔子大喜,走到大国主命面前,说了许多感谢的话,他跳着走进森林里去了。

八十神们到了八上姬那里,他们要求八上姬道:"请你在我们之中,挑选一人,做你的夫婿。"八上姬见了他们,知道他们的为人,拒绝了这个要求,他们羞恼成怒,便迁怒到大国主命的身上。大家商量道:"她不愿意嫁给我们,就是因为有那不洁的大国主命跟了来的原故,这厮好不讨厌,让我们来惩治他。"有的说,不必如此,等我们回转出云国后,将他杀了完事。后来大家回转出云国,他们便商量杀害大国主命的方法。他们想了一条计策——将郊外的一株大杉树劈开,在空处加上一个楔子。叫一个人去骗大国主命同到野外游玩。到了野外,有一个说道:"好宽阔的原野呀!什么地方是止境呢!"有的答道:"不登到高的地方去看,怎么会知道呢。你们看那旁有一棵大杉树,大国主命!你快点爬上那棵树上去,看看原野有几何广阔。"大国主命不知是计,答应一声,便走到树下,慢慢地爬上树去。众人等他爬到劈开的地方,趁他不留心,便将夹住的楔子取去。大国主命被夹在树上,动弹不得,看看生命危殆。八十神们看了,哈哈大笑,各人走散。大国主命的母亲在家里见儿子出外,许久没有回来,便出外寻他,寻了许久,在杉树里寻着了,赶忙抱他下来,将他救活。八十神们知道他没有死,又想出一条"红猪"的计策来害他。他们一群里有五六个,走到山里去,用火烧一块大石头,烧得红了,叫一个人去告诉大国主命:"对面山上有一只红猪,我们从山里赶它下来,你可在山脚将它抱住,要是你放它逃走了,我们就杀你。"大国主命听说,怕他们打他,只得答应了。他跟在八十神们的后面走去,走到山下,他一人在山脚等那红猪下来。后来红猪从山上滚来了,他赶忙抱住,这一来他就被石头烙死了。八十神们见自己的计策已经成功,大家一哄而散。大国主命的母亲见儿子又没有回来,她出外寻觅,去到山脚,见自己的儿子烙死在地上。这次没有法可以救他生还了。她想除了去求救于高天原的诸神,是没有人能救的。她到了高天原,哭诉八十神们害死她儿子的情形,神们听了,觉得惋惜,就差了蛤姬、贝姬二位女神去救大国主命。她们到了山下,贝姬烧了贝壳,碾成粉末;蛤姬从口中吐出水沫,将贝壳粉替他敷治,后来大国主命便活转来了。他的母亲大喜,教训儿子道："儿呵！你做人过于正直了，所以处处吃亏。如你仍住在这里，终有一天被他们害死，不能逃生，你快些逃到建速须佐之男命（即素盏鸣尊）住的地方去吧。"（注：建速须佐之男命，现在住于根坚洲国）他趁八十神们没有察觉的时候，悄然离开出云国，到根坚洲去了。

大国主命到了根坚洲，就住在须佐之男命的宫里，须佐之男命有一个女儿名叫须势理姬。她会见大国主命，见他一表人材，心中暗暗羡慕。有一天，她在父亲的面前称赞大国主命的相貌。须佐之男命知道大国主命是一个诚实的人，他有把女儿给他为妻的意思。既而他想起一个人只是诚实，没有什么用处，必须要有勇气才行，所以他故意先使大国主命受些苦楚。有一天，他叫大国主命来，对他道："你今晚须去睡在有蛇的屋子里。"大国主命遵他的吩咐，便向有蛇的屋子走去。须势理姬在旁替他忧急，她趁父亲没有看见的当儿，她便跟着大国主命，她问他："你不怕蛇么？"他说一点也不怕，说时就要走进屋子去。须势理姬急忙止住他道："屋子里的蛇不比普通的，是大而且毒的蛇，进去的人从来没有生还的。我给你一样东西，蛇近你的身旁时，你向它拂三下，蛇就不来伤害你了。"大国主命接过了避蛇的东西，就走进屋里去。果然有许多蛇围拢来，他用"避蛇"拂了三下，蛇并不来害他。到了翌日，他安然出了屋子，须佐之男命为之惊异。这一次他又叫大国主命进那有毒蜂与蜈蚣的屋子里去。须势理姬又拿避毒虫的东西给他,他又安然出险。须佐之男命见他无事,更是惊讶,他另想了一条计策。野外有一丛茂林,林中的草,比人身还高。他射了一枝箭到林中,叫大国主命去拾了回来。大国主命听了他的吩咐,便走进林子里去寻那枝箭。须佐之男命见大国主命走进林内,叫人四面放火。大国主命见四面是火,呆立不动,这时有一只老鼠走来,它对大国主命说道:"里面宽外面窄。"他听了老鼠的话,料想里面必有藏身的地方。便用脚蹬踏地上,地面被他一踏,泥土松了,现出了一个洞,他便跳进洞里去藏躲。火烧过了,他才从洞里出来。不料先前走过的那只老鼠,口中衔着一枝箭走来了。他见了大喜,拿了那枝箭,便回来了。这时须势理姬正在忧心流泪,见了他安然回来,才转忧为喜。须佐之男命的心里,也暗暗称奇。可是他还再想苦大国主命一次,当他在屋里睡觉的时候,他叫大国主命进来,他说:"我的头上很痒,怕是有了虫吧,你替我寻了下来。"大国主命一看须佐之男命的头发上,有许多蜈蚣,他便束手无策。此时须势理姬在旁,暗中把椋实和红土递给他,低声说道:"放在口中,嚼了再吐出来。"他照她的话把椋实和红土嚼了吐出,须佐之男命见了,以为他很有胆量,竟把蜈蚣放在口里,他就没有话可说了。须势理姬见他父亲千方百计的害大国主命,她不明其中的情由。趁他父亲熟睡了时,她叫大国主命逃走,恐怕以后还有什么危险。

大国主命想了一会,他怕须佐之男命醒后来追他,他把须佐之男命的头发系在柱头上;又走出屋外,运了一块大石头来,塞住了房门。须势理姬又教他,叫他把她父亲的刀、弓矢和琴拿了走,可是他不肯。须势理姬说,这几样东西,以前她的父亲说过,本想送给大国主命的。大国主命听说,刚拿了这几样东西,正要逃走。不料那琴触着了树子,发出响声,便将须佐之男命惊醒了。因为头发被大国主命系在柱头上,跑也跑不动,等到他解开了头发时,大国主命已经逃远了。后来须佐之男命一直追大国主命到黄泉比良坡,他立在坡上,大声叫大国主命不必逃走,他并无杀害之意,不过想试探大国主命的勇气,并且说明愿把女儿嫁他。大国主命回来后,他把女儿和大国主命配合,又叫大国主命回到出云国去,把为恶的八十神们铲除了。

大国主命在那里经营国土,造好了宫殿。他想起了稻叶的八上姬,叫了她来。但是正妻须势理姬性极嫉妒,见八上姬来了,她大怒,后来八上姬就回去了。大国主命见他的恋爱不能自由,很不以须势理姬的嫉妒为然。他又在高志国爱上了一个女子,名叫沼河比卖(即沼河姬),二人的感情很热烈。大国主命还想弄别的女子,须势理姬心中更觉难过。大国主命对于她已经厌倦,想离开她到大和国去,当出发时,他们以长歌赠答。须势理姬此时才深悔她自己的嫉妒不是,在歌里申诉了对于大国主命的爱情,于是二人的热情再燃,和好如初。

以上是关于大国主命的恋爱神话,现在再讲他让国的故事。

高天原的天菩比神奉了天照御神和高御产巢日神的命来到出云国,他为大国主命的威势所败,在出云留了三年,不回高天原。后来又派了天若日子来,他又为大国主命所服,并且娶了大国主命的女儿下照姬为妻,八年间不回高天原,音信毫无。高天原的神不知道他二人的下落,便大家商议,派了一个名叫鸣女的雉鸟飞到出云去责问。雉鸟奉了使命,便飞到天若日子门前的枫树上停下,放声叫起来,意思是传达诸神的命令。天若日子听着鸟声,说那是"不快的声音",取了弓矢,在雉鸟的胸上射了一箭。雉鸟带了箭飞到天安河原,天照御神和高御产巢日神都在那里。于是高御产巢日神拔了那箭,向下界掷去,中于睡在床上睡觉的天若日子的胸,便立即绝命。天若日子的横死,使下照姬十分悲痛,她的泣声随着风达到天庭,天若日子的父母大惊,便降临下界,为儿子举行葬式。下照姬有一个兄名叫阿迟志贵高日子根神,也来会葬。他的容貌和死了的天若日子很相似,俨然天若日子再生一样。天若日子的父见了他,心中大喜,以为他是自己的儿子。他听了很不悦,把死人与活人说在一起,是一种污秽,他发怒,把丧屋踢翻,就飞走了。下照姬此时作歌一首,说那是她的哥哥。

在天安河原,二神再开会议,选拔了建御雷神为赴出云的使者。以天鸟船神为副使,随着他去。二神离了天上,在出云的伊那佐的滨边降落。以剑逆插在波浪上,他们坐在剑尖,和大国主命开严厉的谈判。他们对大国主命道:"你所统治的苇原国,是应该山天照御神的儿子来统治的,你的意见怎样?"大国主命听说,就叫他的儿子事代主神代答。事代主神就答说谨遵神命,把国土献于神子(天孙)。但是大国主命还有一个儿子,名叫建御名方神,他起来反对,他说若要国土,须用武力来取。他把千引岩拿在手里,向建御雷神挑战。建御雷神化为冰柱,又化为宝剑,打败了建御名方神,直追他到科野国的洲羽海。结果建御名方神投降了。大国主命见二子对于让国已无异议,他把苇原国奉献神子(天孙),自己退隐。建御雷神等见事已办妥,便回去复命去了。

苇原国既已平定,于是天孙迩迩艺能命奉命下界,统治苇原国。他出发时,有天儿屋命等神,五部族的首领五伴绪,以及参与政治的思金神等随从他来。天照御神把勾玉、镜、草薙剑三种宝物赐他,他们在日尚的高千穗的久士布流泷降下。在日尚的笠沙岬,建立宫殿,统治国土。于是在这里展开了关于他的神话。

有一天,天孙在岬上见了一个姿容绝世的女子,女名木花佐久夜姬,他欢喜她,就收她入宫。他和这女子生了三个神。天孙见女子和他同睡一夜就怀孕,心中很怀疑,怕不是自己的种子,略有责言。女子为证明洁白起见,当生产时,她走进一间没有窗户的屋子,在里面生产;前有火炎燃起来,等到火炎衰息,三个儿子就生出来了。这事就是证明她是贞洁的。

他们的末子名叫手见命,一名山彦,喜在山中打猎,猎术颇精,故有此名。有一天他忽然想到海里去钓鱼去,硬把他的哥哥火照命的钓钩借去,他到海里,一尾也钓不着,且把那贵重的钓钩失落了。哥哥火照命喜在海边钓鱼,故名海彦。现在弟弟把他心爱的钓钩失落,他不能原谅弟弟,一定要他赔偿。山彦没有法子,只得把他的宝剑毁了,做了五百根钓针,还给海彦。海彦不肯,他又作了一千根,海彦又不肯,海彦说要原来的那一枚。山彦苦极了,他在海边哭泣。此时有盐椎神出现,叫他不必忧心,可到海神的宫里去,海神的女儿正等着他。山彦得了盐椎神的帮助,他像鱼似的,游到海神的宫殿。殿外有泉水和香木,海神的女儿丰玉姬的侍女手执玉壶,正在泉边汲水,她见了映在泉水里的山彦的容貌,心中暗暗惊异。山彦走过去向她乞水,把自己颈上的珠解下来,放在口里,吐进玉壶的颈内。那珠便粘在玉壶上,不能脱离。女侍拿着玉壶回宫去,奉献丰玉姬。姬问女侍,便知道外面有一个比珠玉更清丽的少年。姬到宫外去看,果然不错。她便与山彦相好,二人进宫去,会见了姬的父亲，颇受优待，尊为天津日高御子，二人遂结婚，过了三年。有一天山彦想起了哥哥的钓鱼针，不觉纳闷。丰玉姬见了，问他什么原故。山彦把从前的告诉她。她听了就去禀告她的父亲海神。海神马上传令，召集海中一切鱼类，问它们看见钓针没有，探访的结果，知道有一尾鲷鱼吞了那钓针，正在害病。海神差人取了来，献给山彦。山彦得了钓针，心中欢喜，自不待言。他拿了钓针，要回家去。临行时，海神授以方策，使他能胜过他的哥哥。又拿盐盈珠、盐干珠两种宝物给他。他跨在鳄鱼背上，便回家去了。

山彦回到家中，打胜了他的兄，时丰玉姬在龙宫里思念他，便来寻访，且告诉他，已经怀孕了。山彦在海边造了房屋，以鹈羽盖屋，造屋时，丰玉姬就生产了。这时山彦犯了"不可窥视"的禁律，不觉窥视了产房，他见房内的姬，变成了鳄鱼，他大惊逃走。姬受了他的侮辱，大怒，把生出的孩子放在海边，她回到龙宫去了。

过了许久，丰玉姬挂念山彦和儿子（名叫鹈葺草葺不合命），便差她的妹妹来代她养育儿子。儿子长大，和玉依姬结婚。后来生了两个儿子，一名神倭波礼遮古命，是一位英雄神，即后来的神武天皇；一名五濑命，二人展开了日本建国的历史。

神武天皇和他的哥哥五濑命商量，欲实现天下的和平，必须占有中央的大和地方，于是他们便离开高千穗宫，东征去了。他们经过筑前、安艺、备前等处,乘船到摄津的浪华,更赴河内的白肩津,与反对他们的长髓彦大战。皇军手中拿着盾,上陆攻打,长髓彦的人马很厉害,五濑命被人射中一箭,带了重伤。后来皇军从海路南回,向纪伊的男之水门进军,这时五濑命的伤势沉重,在中途死了。神武天皇想替兄报仇,一举而败长髓彦,他向熊野村前进,得八咫乌的引导,到了吉野川。他们爬山越岭,经过许多险阻,到了大和的宇陀。宇陀地方有两个叛徒,一名兄宇迦斯,一名弟宇迦斯,兄宇迦斯想害神武天皇,幸亏弟宇迦斯作为皇军的内应,天皇才未受害。皇军离了宇陀,又征服沿途的豪霸。在登美与长髓彦战时,天皇作了许多军歌,歌的韵律很刚强,足以鼓舞士气,遂一战而胜了长髓彦。

天皇东征,已达目的,乃平定大和,在亩火地方,造了白寿原宫殿,当统治的大任。那时天皇想选一个皇后,后来有人劝他娶那美貌的伊须气余姬,她是大物主神与势夜陀多良姬所生的女儿,貌美一如她的母亲。天皇听说,心为之动,他想去看伊须气余姬一次,便到大和的高佐士野去,同他去的就是劝他娶伊须气余姬的大久米命。他们到那里时,有七个女郎正在野外游玩。大久米命指着那七个女郎说,你中意哪一个呢。天皇便指第一个女郎,那女郎就是伊须气余姬。大久米命对女郎说明天皇的来意,姬也答应。天皇遂决心娶她为后,那夜天皇就宿在她的家中,接着又迎接到宫里去。后来生了三个皇子,即日子八井命、神八井耳命、神沼河耳命。天皇前在日向时,曾和阿比良姬发生关系,生了一子,名叫多艺志美命,此子想杀掉他的三个异母兄弟,皇后知道此事,便作歌一首,通知她的三个儿子,他们先发制人,神沼河耳命很勇敢地杀了多艺志美命。他的两个哥哥很佩服他的勇气,便推他即皇位,即绥靖天皇是。

《古事记》里的英雄传说,可用下列的两种作为代表。(大国主命也是有名的英雄传说之一)

景行天皇有两个儿子,一名大碓,一名小碓。同时有一对姊妹,生得很美丽,长的名叫长姬,幼的名叫妹姬。天皇差大碓去迎接她们来。大碓奉命后,便去接长姬姊妹。他为姊妹的颜色所迷,便收为己有,而另以别的女子奉于天皇。后来此事破露,天皇和大碓感情很不好,朝夕聚餐,不见大碓。天皇叫小碓去叫他,但仍不见他来。天皇问小碓道:"他为什么不来?"小碓道:"我见不得他的样子,我把他攫碎了。"天皇听说,心想小碓行为暴戾,不可留在身旁,便差小碓去征伐熊袭。

小碓曾男装女扮,去刺杀熊曾建,平定贼乱。有一天他穿了姨倭姬的衣裳,把额前的发,梳得和少女的一样,当熊曾建宴饮时,他走了出来。熊曾建不知道他是假装的,见他的态度雍容大方,生了爱心,饮了许多酒,便喝醉了。他乘隙抽出宝剑,刺死了熊曾建。贼人平定,在凯旋的归途,又征服了河神、山神穴户神等。

小碓既平定九州地方,又去征服出云地方,那里有出云建作乱。他表面上和出云建联络,结为朋友,有一天,他约出云建到肥河去洗澡,在水里浴过后,他先跳上岸,把出云建的刀佩在身上,他对出云建说:"我们交换佩刀好么?"出云建答应了,把小碓的刀佩在身上。小碓见出云建中了他的计,便向出云建挑战,出云建拔出刀来,却是木刀,于是小碓便把出云建杀了。

小碓已平定各处,很想回家休息,可是天皇不肯,又叫他去东征。他的心中很悲哀,他将自己的苦恼对姨倭姬诉说,姨倭姬对他很表同情,把草薙剑和囊给他,又对他说:"如有危难,可速把囊解开,即可逢凶化吉。"后来他又征服了山河神,复入相摸国。相摸国主要想害死他,诱他到野外,命人四处放火。他见已处危难之中,便把囊解开,囊中跳出了避火的东西,那火反向敌人烧去,敌人便烧死了。他取道东方,从相摸半岛渡过对岸的安房国时,舟行海中,忽起风暴,势甚危殆。他的妻子橘比卖跃入海中,借以缓和海神的怒,未几,波平浪静,他们安然渡过了,但橘比卖则葬身海中了。后来他又征服了几处恶神,遇着了美夜受姬,便结了夫妇。他去征伐伊吹岐山的恶神,行时把草薙剑寄在妻子处。这时他的身体已经染病了,到了三重村,因沿途跋涉,病势愈加沉重,他仍冒病到了能烦野,就在那里死了。相传他的魂化为天鹅,翔于空中。现今内河地方,尚有天鹅陵。

穴穗天皇杀死目弱王的父亲,夺后长田大郎女为妻,七岁的目弱王刺穴穗为父报仇,是《古事记》里描写复仇的英雄故事。

穴穗天皇将就寝,睡于床上,问后曰:"你为什么沉思?"后答曰:"承陛下的恩宠,我还有什么沉思的呢。"此时七岁的目弱王正嬉戏殿下,但天皇不知,语后曰:"我有一件事很担心,怕目弱王长大后,他知道我杀他的父亲,他必定要报仇了。"目弱王听见了,便知道他的生父是被穴穗杀死的,他等天皇睡着了,便拿了大刀,杀死天皇,逃到都夫良意富美的家中去了。

大长谷皇子,此时还是一个少年,听说天皇被目弱杀了,便去访他的哥哥黑日王子,但黑日王子不以为意,大长谷王子大怒,便拉着他的衣襟,把他杀了。后来他又去访他的哥哥白日子,不意白日子也不理他,他气极了。握住他的衣袡,拉他到小治田,掘一地穴,把白日子埋在土内,露腰部以上在外面,把他的双目挖了。大长谷遂举兵伐目弱王,目弱王匿在臣下都夫良意富美家下,都夫良听说大长谷来了,先是同他说好话,但是大长谷不应,都夫良便和大长谷打,不幸打败了。他不忍见目弱王死于大长谷手里，便以刀杀死目弱王，他随即自刎死了。

在《古事记》之后，有《日本书纪》，共三十卷，为元正天皇养老四年（公元720年）舍人亲王、太安麻吕、纪清人、三宅藤麻吕等奉敕令所撰。体裁仿我国的《史记》《汉书》，用华丽的汉文写成。卷首记着宇宙的开辟，文曰：

在天地未剖，阴阳不分，混沌如鸡子，溟涬而含牙。及其清阳者薄靡而为天，重浊者淹滞而为地。精妙之合抟易，重浊之凝极难。故天先成而地定，然后神圣生其中焉。故曰，开辟之初，洲壤浮漂譬犹游鱼之浮水上也。于时天地之中生一物，状如苇芽，便化为神，号国常立尊，次国狭槌尊，次丰斟亭尊，凡三神矣。

这一节文章，显然是模仿我国的淮南子的《天文训》与《三五历纪》等作的。内容的史实，大约与《古事记》里所记载的相同。不过体例与文字，二者各不相同。现将《古事记》和《日本书纪》的异同，略述于下。

第一是二书编纂目的之差异，《古事记》的编纂，是使国民知道建国的由来与皇室的尊严；《日本书纪》除了上述目的之外，还想供给执政者作参考，又想给外人看，以增国家的体面。第二是文字的不同，

《古事记》是用国语记述的,《日本书纪》则全用汉文作成。第三是体裁的不同,《古事记》一书,是用天武天皇整理过的皇室,诸族的系谱和先代的旧辞,作为根本史料,由善作文章的安麻吕撰成一部故事体的国史;《日本书纪》仿中国的《史记》《汉书》的式形,是模仿堂皇的国史而作的。编纂的人数增多,由诸人的合议,将史料取舍安排,所采的史料不仅限于国内,如对外关系的事项,也曾参酌《百济记》《百济新撰》《百济本纪》一类的三韩历史。体裁是一部大规模的正史。第四,《古事记》采用历史故事的体裁;《日本书纪》则须保持正史的真面目。第五,《古事记》的特长,是能够忠实地搜集神话传说;《日本书纪》的特长,则为舍神话传说的时代而取历史的时代,把史实丰富地记载出来。第六,关于编纂的方法,《古事记》是由一个人的意见,取舍或选择史料;《日本书纪》则由编纂者的合议,一经决定,便不能有所取舍,编纂法是比较忠实公平的。第七,二书编撰的方针,也不相同。《古事记》的上卷,全部是记采"神代"的故事,中卷记神武天皇至应神天皇,下卷记仁德天皇至推古天皇。《日本书纪》第一卷第二卷为神代史。第三卷(即神武天皇卷)至最终的第三十卷(持统天皇),大部分以一代天皇列为一卷,其中将二代列入一卷者有五卷;将三代列入一卷者有一卷;将一代分为二卷者有一卷;此外有因记事太少,将八代(绥靖天皇到开化天皇)列入一卷的。由此看来,《古事记》的篇幅的三分之一用在"神代"卷;《日本书纪》仅以三十卷中的二卷记述神代。可知《古事记》是以搜录神话传说为重;《日本书纪》则对于各时代等量地分配,至于把一时代分为两卷,或将数朝代收入一卷，想是因为史料的关系，不得不然。第八，从二书的内容上，也可以看出差别。试以神代的叙述为例，在《古事记》里叙述神代的传说，编者竭力传述古代传说的本形，用故事体说出来。《日本书纪》则把神话与传记隐藏着，只以有历史的背景的材料，揭载于本文，《古事记》里所注重的神话传说，有的全被省略，或被写入"书曰"之内。例如《古事记》上卷写伊邪那岐与伊邪那美二神的交合，二神绕着天之御柱走去，伊邪那美先说道，"呀，好一个男子！"伊邪那岐说道，"呀，好一个女子！"像这样的唱和，本是日本上古结婚风俗的反映，是很贵重的资料，但在《日本书纪》里则没有把它写入"本文"之内，只记入"书曰"。此外如伊邪那美赴黄泉国的神话，伊邪那岐在阿波岐原的禊祓等类重要的神话，又如大国主命的国土经营的神话，都是极其重要的。然在《日本书纪》里都没有记入本文，这便足以说明二书的内容上的差别。

《古事记》与《日本书纪》既有以上的差别，故二书的艺术的价值，自然也生出差异。《日本书纪》的艺术上的价值，不能和《古事记》比肩，是不待烦言的。

五、宣命

用汉字表日本音，义作成的诏敕，称曰宣命，与祝词同为日本最古的散文。古时皇帝所下的诏敕，都是"宣命"体，到了后来，汉文在日本兴盛，遂改用纯粹的汉文（从平安朝到现代，日本皇帝下诏谕，都用汉文式）。宣命的文体与祝词相同，惟二者的用意有别。祝词是向神申诉的词，自然文字里发生出一种敬虔尊仰的情感；宣命是皇帝告谕人民的诏书，所以表现出慈悲、爱抚、依赖的情感。汉文调的诏书，只用于普通平常的事，宣命则不然，恒用于即位、让位、立后、立太子、任免大臣、训诫叛臣等重要的事件。上代残遗下来的宣命，见于《续日本书纪》里，存六十余章，其中以天武、孝谦、文武三帝即位，圣武天皇神禹六年（公元729年）册立皇后，光仁天皇宝龟二年（公元771年）藤原永手死时，皇帝所赐的宣命，较有价值。

六、风土记与氏文

风土记是一种幼稚的地志，元明女帝和铜六年（公元713年）下诏，令各地把气候、物产、传说、土地的肥瘠、山川原野命名的由来等记载出来，献于朝廷，便是风土记，如《常陆风土记》。其后在圣武天皇时献纳的出云、播磨、肥前、丰后等风土记，现在也还残存。文字是用极拙劣的汉文写成的，缺少文学的价值，其中只有《出云风土记》一种，可列入文学作品之列。

氏文近于族谱，为表彰祖先功德的一种文字。延历十一年（公元792年），有高桥、安昙两氏在祭神时争座席，遂把各人的祖先的事迹记了出来，送给皇帝看，是为氏文的原始，现存者只有《高桥氏文》一种，此种散文，在文学上并没有什么价值，不过是表示祖先崇拜的"至意"罢了。

第三章 中古文学

总 论

桓武天皇因奈良的都城有不便,遂于延历十三年(公元794年)迁都于平安(即现在的京都,又称西京)。平安地方的风景极美,三面环山,苍翠浓郁。当时的时代精神,受了地势的影响,与奈良时代不同。在平安文学里所表现的,都是欢乐世界,只见那些贵族把平民的膏血,恣意地浪费,一天到晚宴饮歌舞,玩弄女子。实际的社会是平民怨嗟,盗贼横行,加以贵族的跋扈,平民更在水深火热中,敢怒而不敢言。此时国家的大权,全操在藤原氏一门的手里。故谈到这时代的文化,不是代表日本全国的文化,是不出平安城圈的文化。这时的文学,也非代表全国的文学,乃是贵族阶级独占的文学。这时的民众,他们既受了贵族压榨,贫穷困厄,自中流以下,都感到物质的不足,哪里还有闲暇来弄文学呢?所以谈到这一个时代的文学,只得暂时离开民众,这个时代的文学,是与民众无缘的。

这个时代的文学既然被贵族阶级所独占,我们对于产生这种文学的贵族,必须稍加说明。平安朝的贵族,是体质虚弱、性情沉郁、感情锐敏、举动沉滞的。他们的起居饮食,也同一般的贵族一样,是极奢华富丽的。他们每天没有什么事做,除了作几首诗之外,就是去引诱女子,对于男女的关系,没有什么忌惮。在执掌政权的人,就只知道结纳党羽,排斥异己。没有权势的,只想自己女儿或是妻子生得美貌一点,好叫她们和宫中的人发生姻缘,然后可以从中获利。当时的宫廷,以女官为最多,她们是贵族男子的伙伴,借"和歌"赠答,因此之故,男子所独占的文学,也被她们夺去了一半。这些女贵族的生活,除了作歌(和歌)、舞乐之外,就只知道通情。这些男女贵族,代表了平安朝这一个时代,为一切文化的中心势力。

当时的背景是贵族的男女,在文学上反映出来的,不外是写宫廷生活、贵族生活、男女相爱的诗歌与散文。这些诗歌与散文,很能够将那时的颓废的、游戏的、爱美的色调显现出来,在文学史上颇有价值。

总括这时代的文学,可以分为:1.小说(原名物语 Monogatari);2.诗歌;3.随笔;4.日记;5.历史。

一、小说(物语)

平安时代的小说,有下列各种。

1.《源氏物语》;

2.《竹取物语》;

3.《伊势物语》；

4.《大和物语》；

5.《宇津保物语》；

6.《落洼物语》；

7.《狭衣物语》；

8.《滨松中纳言物语》；

9.《堤中纳言物语》；

10.《夜半寝觉物语》；

11.《替换物语》(Torikaehaya Monogatari)。

(一)源氏物语

平安时代小说的代表,首推《源氏物语》,这是一部具有世界的价值的著作。它的著作者是紫式部女士,紫式部是越前守(官名)藤原为时的女儿,幼承家学,颇有文才。后来嫁给藤原宣孝,生有二女,正在盛年,宣孝忽死去,遂守寡,据说能守节操,藤原道长曾挑诱她,为她拒绝。那时宫中的"中宫"上东门院(名彰子),很爱文学,叫她进宫去讲《白氏文集》《日本书纪》,因此她对于宫廷间的故事很通晓。《源氏物语》的著作年代,现在尚不能确知,大约动笔于长保三年(公元1001年,宋真宗咸平四年),完成于宽弘二三年间(公元1005年,宋真宗景德二年顷)。这是后来学者的推测,但有异说。紫式部是她的假名,真名已不可知,那时的宫廷有一种习惯,常以所住的宫殿名或官职名代替真姓名。式部是她的哥哥惟规的官名,关于"紫"字则有二说:一说因她在《源氏物语》里面描写一个名叫紫之上的女子,故用"紫"字;一说她本姓藤原,由"藤"字想到藤花,藤花为紫色,故用"紫"字。但仍有异说,莫衷一是。

关于《源氏物语》里表现着的思想,有的人说作者把佛教的教义具体化,写成这部长篇小说;有的人说寓有劝善惩恶主义在内,这两说都不恰当。有一位学者名叫本居宣长的,他说《源氏物语》是描写"人世的哀愁"的,是写出含着人生悲哀的人情的小说,即是一种人情的描写,此说颇得多数人的赞许。所以这部写实的长篇小说,不外是以人情为中心,以佛教思想为背景,而去描写平安时代的宫廷生活与贵族生活的著作。关于《源氏物语》的描写,有人批评它过于感伤,有人说它的文章沉漫,不过这部著作在描写恋爱的心理与自然美的地方,实在是具有特长。原作所以能有不朽的生命,不单是因为它是一部平安时代的风俗史与社会史,也在于能够把许多恋爱关系的心理刻画出来,例如描写围绕源氏(书中主人)的许多女性的心理与写爱一个女性的许多男性等。原书所描写的恋爱的形式,约有下列几种。

1. 写与爱人的死别(如桐壶、夕颜等);
2. 写与爱人的生别(如空蝉、六条御息所等);
3. 写对于年幼的女性的爱(如若紫);
4. 写对于年长的女性的爱(如藤壶、六条御息所等);
5. 写对于反对派的女儿的爱(如胧月夜);
6. 写不能得到爱的烦恼(如葵之上);
7. 写多情的女子的爱(如源内侍、轩端之荻);
8. 写毫不披靡的爱(如槿);

9.写闭关主义的女子(如末摘花);

10.写开放主义的女子(如近江君);

11.写争一个女性的爱(如玉鬘、浮舟);

12.写肉亲的恋爱(如柏木之于玉鬘)。

以上十二项的描写都注重恋爱的行动,对于"性的行动"则不提及,又如夹写于原文内的咏爱的"和歌",都是杰出的。

原书共分五十四帖,前四十四帖,以源氏为中心,后十帖又称宇治十帖,因事件发生于宇治地方,故有此名,后十帖以源氏的儿子薰大将为中心。五十四帖的篇名如次——

桐壶、寻木、空蝉、夕颜、若紫、末摘花、红叶贺、花宴葵、神木、花散里、须磨、明石、澪漂、蓬生、开屋、绘合、松风、薄云、槿、乙女、玉鬘、初音、胡蝶、萤、常夏、篝火、野分、行幸、藤袴、槙柱、梅枝、藤里叶、若菜、柏木、横笛、铃虫、夕雾、御法、幻、雪隐、勺兵部卿、红梅、竹河(以上前部四十四帖)

桥姬、椎本、总角、早蕨、寄生、东屋、浮舟、蜻蛉、手习、梦浮桥(以上宇治十帖)

原书五十四卷联贯成为一部长篇小说,如将每卷分开,也可当作短篇故事看。作者在前四十四帖内,把重心放在源氏一个人的身上,而在源氏的四周配上许多女性,使与源氏发生关系。那些女性之中,有藤壶、紫之上、末摘花、葵之上、空蝉、轩端之荻、夕颜、六条御息所、源内侍、胧月夜、花散里、明石之上、秋好中宫、槿、玉鬘等人,可以看做一个男子追逐许多女性。在后半部(即宇治十帖)便改了手法,却去写几个男性同去追逐一个女性,如源氏、萤兵部卿、发里右大臣等追逐玉鬘;匀兵部卿与薰大将同去恋爱浮舟,成为三角形恋爱。这些都是在形式方面具有特色的地方。

《源氏物语》已有英、德译本,早被介绍于欧洲,惟在东方,尚少人称述。现依原书各篇的顺序,刺取重要的处所,略述一个轮廓。

不知是那一个朝代,有桐壶帝者,宠爱一个更衣女官。女官的美,可比唐朝的杨贵妃。她不单是容貌好看,心地又很善良,所以为宫中的人敬爱,后来她怀孕,生了一个皇子,照秩序算来,应是第二个皇子,起名叫光。

桐壶帝很爱这第二个皇子。太子的母亲,是弘徽殿,她惧东宫的地位被光所夺,因此嫉妒,她竭力和光的母亲为难。光的母亲受气不过,便生了病,当光三岁时,她就死了。次年,第一皇子正位东宫,帝为光的将来计,贬他入臣籍,赐姓源氏,使他努力于政治,一面又叫人教育他。十二岁时加"元服",娶左大臣(帝的妹婿)的女儿葵之上为妻,葵之上较他年长,已有十六岁。

帝常思念光的母亲,左右遂进言,谓有四之宫(后名藤壶),容貌性质,与光的母亲无异,帝就命人迎四之宫。弘徽殿知此事,又不乐,但帝则很宠爱藤壶。

源氏无母,时觉岑寂,因见藤壶酷肖死母,他和她很亲近。源氏的正妻葵之上比他年长四岁,源氏不爱她,渐不和睦。源氏一心恋爱着藤壶,早熟的源氏,由天性的爱变为对异性的爱了。源氏虽欲自制,但已不能,后来竟和藤壶有了暧昧了。

当时源氏和葵之上疏远,不常聚首。有一天晚上,正是黄梅雨不绝的时候,源氏和葵之上的兄头中将等人,在一室内,谈论各人的妇女观,恣意品题,且述各人的恋爱故事。头中将自言曾和极亲密的女性断绝关系。是夜至晓始散。

源氏对于葵之上的容貌很不满意,所以他欢喜"猎艳"。有一天他去访伊豫守(纪伊守的父亲),在那里遇见了伊豫守的后妻名叫空蝉的女人,惊为绝色,他便挑她,但空蝉坚贞,不为所动。源氏失败,他忽然想了一条计策,先讨了空蝉的儿子小君回来,当作小使,他极优待他,好叫他传书递信。源氏虽屡想动空蝉的心,但空蝉却不依从。源氏有一夜去宿在她的家中,深夜偷进空蝉的卧室。空蝉早已知道,不在室内。室内卧着她的干女儿轩端荻,轩端荻当了她的替身,却非源氏的本意。

源氏尝爱着一个女子,名叫六条御息所,她对于源氏的爱情极浓挚,但嫉妒心也极强。源氏时时和她幽会,有一次去访她的时候,在附近的道上,见人家的帘内有美人的影子,源氏忽动心。那人家的院内有夕颜花盛开,源氏遣使者乞花。那女子咏和歌一首以赠源氏,后来源氏探访女子的来历,才知道就是头中将在雨夜所说的那个女子。次夕,源氏便去访那女子,称她为夕颜。夕颜颇从顺可爱,能得源氏的欢心。八月十五夜,源氏和她乘着牛车到寺院去,宿了一夜,二人的爱情更浓。那夜的翌晚,源氏和夕颜宿在寺里,夜半忽有幽灵出现,有声道:"舍了我去爱他人,我必咒杀你的爱人。"一阵冷风,灯火齐灭,在黑暗中仍见怪物的影子。源氏拔了佩刀,想去斩妖,一霎时已无踪无影了。到源氏叫了家将持灯进来,夕颜脸色苍白,已经气绝了。源氏展开自己的胸,去伏在夕颜的胸上,觉得冷冰冰的。据说夕颜是为怨灵所祟云。

怨灵就是六条御息所,她恨源氏的多情,一股怨气,化作幽灵,在晚上来取了夕颜的命了。源氏见夕颜已死,赶忙回到二条院,预备夕颜的丧仪,葬日源氏悲哀过甚,堕马受伤,病了一个多月。源氏病中,转赴北山养病,起居僧房内。时在附近草庵内,见一清丽的女孩,约有十岁光景。他探访她的身量,才知道她就是自己恋爱着的藤壶的侄女儿(藤壶的哥哥所生)。源氏差人去向她的家里说,要了那女儿回来,作为养女,就是后来的紫之上。

源氏从北山回来后,他知道自己恋着的藤壶因病回家去了。源氏心痛,便去看病,这一去又觉得难舍难分的。后来藤壶妊娠了,生了一个男孩。皇帝不知道情由,欢喜得很。长后立为皇太子,就是后来的冷泉帝。此事为源氏晚年最悔恨的一桩事。在当时源氏只有十七岁,当然是糊里糊涂的。

此后源氏的生活,愈向恋爱的大道走去。先和末摘花恋爱,末摘花是常陵官的公主,因家道式微,住在家里。源氏听人说起她,便去挑动她,但不容易入手。后来很费了一点手脚,才得幽会。相会时都是晚上,源氏没有看清楚她的容貌。有一天早上源氏得见了她的姿容,鼻子大而且红,不觉懊丧之至。源氏虽嫌她貌丑,依然时时有所馈赠。

源氏曾和一位年近六十岁的老太太恋爱,此老名叫源内侍,她很多情,善于化装,脸上所敷的白粉,足以填满额上的皱纹。那一天皇帝做五十大寿,宫中欢宴,藤壶也列席。宴罢,秋日已暮,殿上已无人影,源氏忽然看见源内侍,便生了好奇心,和她欢合,正如诗人之"即席口占"也。

后来源氏又爱上了一个女性,是一个内侍,为弘徽殿的妹妹,是右大臣的第六个女儿。源氏遇见她的时候,正是樱花盛开的春夕。是夕他本想去会藤壶,走上宫殿,源氏已薄醉,见弘徽殿的殿外廊下,有小户虚掩,他便推门进去,听着女子的声音吟道:"有什么东西比得上朦胧的月夜呢?"源氏闻其声却未见其人,便立在那里不走。后来那声音的主人走近源氏了,源氏戏捉她的衣襟。女惊,问源氏为何人,源氏答:"我是赏月的人。"女子听说话的声音,知道他是源氏,当下想道:"如果是源氏也够得上做我的对手了。"那一天,他二人就在恋爱的大海里荡来荡去。这女子是内侍,名叫胧月夜,源氏觉得她和普通的女子大不相同,颇为钟爱。但源氏还不知道她是弘徽殿的妹妹胧月夜,只当是一个在春夕相逢的新的女子。因为"纪念"起见,二人彼此交换扇子而别。

源氏所得的扇子,扇面用金泥描写带霞的月亮。他持着那扇,时时想念她。他想再和她相会,值藤花宴,源氏已醉,便向弘徽殿那方走去。忽闻帐后有泣声,源氏便吟歌一首,述相思之意,女子也带着怨声回报了一首歌。借歌为媒,源氏和她的情爱愈浓。但此事却于源氏不利。因为胧月夜是内侍,内侍在将来要为皇帝所幸的,而且她的姐姐弘徽殿,对于源氏所爱的藤壶不怀好意,隐隐伏着后日的祸患。

源氏二十岁时,举行贺茂春祭的禊祓,亲贵达官,都乘车参加。看热闹的人,也从四处聚集。源氏的正妻也乘车,带领侍女,出外游览。车辇过处,人人避道。途中遇着一辆旧的"网代车",对于葵之上的车子却不让避,于是双方的从者就吵起来了。葵之上的仆从把"网代车"打破,并且大骂。"网代车"里坐着的,就是六条御息所。那天她因为出外游览,所以也混杂在人群里,她受了侮辱,心中闷闷不乐,她正想念源氏时,见源氏坐在马上,对于此事,装做不知的样子,她心里更难受了。

六条御息所是一个嫉妒最深的女人,她本想据源氏为自己所专有的,现在她不单诅咒葵之上,连源氏她也恨他了。因此她的怨恨化为"怨灵",使葵之上不得安宁。葵之上自从那天贺茂祭归后,常见神见鬼,或泣或笑,变了半狂人了。不久葵之上产了一个男孩,取名夕雾,产后葵之上大病,医药符箓无效,就离开人世了。

自从此事发生以后,源氏便不欢喜六条御息所了,他和她疏远,她也知道自己的不是,反欲接近源氏,但是不能如愿,她便到伊势去了。

源氏丧了正妻,也觉寂寞,好色的源氏,就把他从前北山带来的养女紫之上,收为己有了。源氏对于紫之上早就有意的,他教她学习音乐、和歌等,只因为有葵之上在旁的原故,不敢放肆,现在葵之上死了,他已无所忌惮,所以便挑动紫之上,她起初不肯,不久也顺从了。后来便以紫之上做正妻,源氏的爱集于她的一身,此时源氏二十一岁,紫之上只有十四岁。

在恋爱二字上,源氏是无往不利的,境遇也很好。到了桐壶帝薨后,源氏的靠山便倒了。他不能不踏进失意的第一步了。原来源氏的荣达是很快的,由"权大纳言"至"内大臣",由"内大臣"升"太政大臣"。到了冷泉帝时,因为特别的关系(冷泉帝为桐壶帝的儿子,但为源氏与藤壶所生),受了极不平常的待遇,在六条、京极一带造了宏壮的邸宅,庭园的优美,冠绝当世,源氏则始终过着"德加旦(Decadence)"的生活,却不知自己的前途将发生不幸。他仍与内侍胧月夜往来甚密,有一天被内侍的父亲发现了这秘密,内侍的父亲暗暗怀恨。藤壶也自觉做了不伦的事,为自责之念驱使,遂出家为尼,号薄云女院,这些对于源氏好像都是不幸的象征。后来源氏自知前途渐渐黑暗,受着周围的压迫,才引退到须磨地方去。

他隐居须磨时,秋风初起,郁怀百结,侍臣甚少,每当夜静声寂,只听着海边送来一阵波涛之音,凄然有感,不觉流了眼泪。他的侍臣也向他说,不愿离开都城来坐在这无人的乡间。源氏安慰他们一番,和他们以书画吟咏为消遣。这样的在须磨过了两年。后来明石地方有个臣子名叫良清入道的,来迎源氏到明石去住,且把他的女儿送去侍奉源氏,源氏才觉得快活起来。那年七月间,源氏带着入道的女儿回转都城。明石之上就是那女子的名号。

回转都城的源氏,此时正是二十八岁。他的运气又变,升为内大臣,辅佐太子。时六条御息所病死,以女儿齐宫托付源氏;末摘花自源氏离都后仍未改节,再与源氏相会;源氏赴石山朝拜时,不期与空蝉相会。后来源氏以齐宫(御息所的女儿)配与冷泉帝为后,称为梅壶。明石之上产了一个女儿,源氏叫她移住嵯峨。薄云女院(即藤壶)也于此时逝世。

此后源氏颇受冷泉帝的知遇,他又依然继续他的恋爱生活。源氏欲染指于头中将与夕颜所生的女儿玉鬘,未能如愿。他的正妻紫之上见他这样多情,颇有烦言,源氏已不如以前的自由了。不仅如此,他的周围的年青的男女,也模仿他的行为照样犯他所犯的罪过,颇使源氏不安。

朱雀院将死时,以后事托付源氏,并托他抚养爱女三之宫,源氏不能辞,遂迎养三之宫于六条院,特别看顾,且时时和她亲近,此事被紫之上的侍者知道,颇不直源氏的行为。源氏竟以三之宫做了"夫人",为紫之上所不悦。源氏自身也时觉忧郁,后来他知道有一个青年男子恋着三之宫,源氏不能免除良心的呵责了。那男子是头中将(后任太政大臣)的儿子柏木。当樱花盛开时,在六条院开蹴鞠会,柏木见三之宫貌美,便很思慕她,以情书托她的小侍从传递,表相思的衷曲。三之宫曾竭力拒绝他,柏木仍不断念。到了贺茂祭的前夜,大家正忙着看热闹的时候,柏木乘机与三之宫亲近,申诉相思的苦衷,三之宫为他所动,二人欢谈到天明。自此以后,柏木暗中时时与三之宫相会。

谣言传到源氏的耳里了。源氏起初不信,有一天他去访她,在她的枕端,看见了男子所写的美丽的信,心里很难过。可是他回想自己在青春时代的放纵生活,他对于引诱三之宫的柏木,便不能有所责备了。后来三之宫生了一个男孩子,相貌酷肖柏木,源氏懊丧极了,那孩子就是后来的薰大将。源氏眼见自己从前所犯的恋爱的罪恶,一件一件地被他人来犯在他自己的身上,他的悔恨是不用烦言的了。柏木也深悔自己的不义,且与正妻落叶不和,终于去世了。

三之宫接了这个噩耗，很是悲哀，便去做尼姑去了。接着紫之上也患重病身故，源氏的哀悲与失望，渐渐地侵蚀了他的身体。不久他落发入了空门，到五十二岁时，便追随紫之上离去人世了。

以上是《源氏物语》前篇四十四帖的梗概，以下再讲后篇《宇治十帖》的梗概。

有一个皇族住在宇治的片山里，他是源氏的兄弟，怨世欲遁入空门，只因有爱女二人，尚觉难舍尘世，每日向阿阇梨学习佛法，度着清寂的日子。薰大将时时去访他，见他的大女儿很美，便想染指。后来他死了，以二女托薰大将。长姬不愿受薰大将的爱，让爱于她的妹妹。后来长姬死了，便娶了她的妹妹中君。

有一个女子名叫浮舟，容貌和长姬相似，她是常陆介的女儿，与中君有亲戚关系，她来到都城，住在中君的院里。有一个皇族名叫匀宫，当源氏的孙辈，他见了浮舟便想去挑动她，浮舟不肯。匀宫的性质，很像他的祖父源氏。中君见他轻薄，很不欢喜。薰大将的性格则与匀宫不同，较能持重，他赴宇治回来，在三条院见了浮舟，觉她的容貌与长姬相似，他很爱她。后来他迎浮舟居宇治山庄，二人的感情极浓。不料运命之神，有意和他为难。匀宫对于浮舟的爱，决不下于薰大将。他知浮舟移居宇治,十分失望。他偷看了浮舟给中君的信,知道了浮舟的居处。他便去到那里,在夜间偷进屋内,模拟薰大将的声音,便与浮舟结了一夜的姻缘。等到浮舟觉察到他是匀宫,因她生性柔软,除了惊异,没有什么可以对付的。匀宫奏着凯歌,回转都城去了。薰大将访浮舟时,见她郁郁不乐,以为她想回都,安慰她一番,自己便回到京城去了。

过了数日,匀宫差使者至浮舟处,薰大将也遣使者来到宇治,两方的恋爱的使者相遇。薰大将的使者觉察了其中的情由,回都后,便把情形告诉了薰大将,薰才恍然大悟,便以歌赠浮舟,浮舟亦报以诗,言明系一时的错误。薰大将欲迎浮舟返都,遣使告诉她,她很自愧,便去投河自杀。不意宿业未尽,被人打救,她便隐姓埋名、匿居尼庵,断绝一切俗缘。薰大将与匀宫以为她已死了,叫僧人为她念经。那僧人便是尼庵中某尼的兄,浮舟听了这个消息,颇悔自己从前的失检。后来薰大将听说她还生存,便托她的弟弟带信给她,她已决心修道,不受薰的信,也不会她的弟弟。她怀抱着无处申诉的情意,身居尼庵,朝夕闻风声拂动柳枝,宇治川里的河水潺潺流过庵外,一任她的红颜随时光消蚀了。

以上是《源氏物语》五十四帖全部的概略,它的妙处,全在原文,仅看这个概略,觉得枯燥无味,这是不足怪的。

(二)《竹取物语》

平安时代的物语文学,以《竹取物语》的产生为最早,它的产生在《源氏物语》之前。作者已不可考,俗传为源顺之作,但根据很薄弱。产生的时代,约在平安朝初期。内容的故事很简单,但读后令人感着一种梦幻的趣味。故事的来源,据藤冈作太郎博士说,仿我国《汉武内侍》中西王母的故事。三浦圭三氏主张《竹取物语》的作者根据以往的经验和平素的见闻而作成的。田中大秀氏则说伐竹得子的故事,见于《广大宝楼阁经》《善住秘密罗尼经序》《品华阳国志》等籍。要之,这一篇故事的来源,必受外来的影响无疑。如伐竹得子、令五个贵族去寻五种宝物,似从佛典得来。又如仙女下凡,后又升天,是在我国的典籍中可以得到的。描写几个男子争一个女子,则借日本《记》《纪》《万叶集》中的词藻,描绘当时的世态。原作的结构虽没有什么曲折处,颇能把一般贵族的丑态描绘出来,富有滑稽的情趣。

《竹取物语》的原本为木刻板,后世印行的版本很多,现依据通行的版本,将原书的故事简述如下。

> 从前有一个砍竹的老翁,名叫赞岐造麻吕,每天到山里去砍竹,把竹编成各种器具,贩卖给人,以谋生活。有一天,他见竹里发光,吃了一惊。仔细一看,竹节里面有一个约有二寸长的女孩子。老翁大喜,把她带回家来,和老妪二人抚养。又在那棵竹子的竹节里面得了黄金,老翁便不患贫穷了。女孩长大,生得很美貌,取名为赫映姬。

赫映姬的美貌震动一时,远远近近的男子,都来求见,有的走来求婚。如今单表其中有五个贵族:一个是石作皇子;一个是车持皇子;一个是右大臣阿部;一个是大纳言大伴御行;一是中纳言石上麻吕。他们同时向赫映姬求婚,赫映姬都加以白眼。他们纠缠不休,叫了老翁来,叫老翁把女儿给他为妻。老翁说他不能作主,不肯允许。后来老翁去问他的女儿,叫女儿在他们里面中挑选一人为婿。女儿沉思了一会,便向他们提出了五个条件,如有人办到,便允许嫁给他。这条件是——叫石作皇子到天竺去取佛前的石钵;叫车持皇子到东海蓬莱山去取白银为根,黄金为茎,白玉为实的一棵树子;叫右大臣阿部到中国去取火鼠皮做的裘;叫大纳言大伴在龙的头上取五色玉;叫石上中纳言到燕子的巢里取子安贝(注:子安贝是一种贝类,相传产妇临盆,握在手里,便能安产云)。这是五个难题目,五人听了,都暗地咕噜道:"倒霉了!这样的难题目谁办得到呢,不情愿嫁就拉倒。"他们都回身走了。后来他们又想起了赫映姬的美貌,觉得难舍,他们也只好勉为其难了。

石作皇子是一个富于策略的人,他决不肯走几十万里路,到天竺去求石钵,他只费了一点钱,把大和国十市郡某山寺里的宾头卢佛前的黑钵取了来,装入锦袋,添上情诗一首,恭恭敬敬地送到赫映姬的家中。姬一见那钵,就知道是假的,把钵掷在门外,送还那一首诗。

车持皇子也是富于心计的人，他扬言出外探寻赫映姬所需要的玉树，其实他隐藏在难波地方，请了几个匠人来，代他造玉树。他把造好了的玉树藏在长柜里，回转都城。大家纷纷传言，说车持皇子终于把优昙华带来了。赫映姬听了外面的传言，自忖这次可不能不顺从车持皇子，心中暗暗烦闷。那时忽来了一个人，名叫汉部内麻吕，是代车持皇子造玉树的工匠头，因为车持欠他的工钱，所以来讨取。于是赫映姬便知道那玉树不是真的，拒绝了车持的要求。车持失望，忿而隐身山中，家人四处寻觅，终于没有寻到。

右大臣阿部是一个有钱有势的人，他差一个名叫小野房守的到旅居日本的中国人王卿那里去，托他代买火鼠做的皮裘。小野是一个坏人，他用了阿部的许多银钱，却买了一袭假的来骗阿部。阿部得了火鼠裘，以为是真的，十分喜悦，拿着皮裘，走到赫映姬的家中。赫映姬知道火鼠裘是入火不坏的。她问阿部道："这裘可以放在火里烧吗？"阿部道："自然可以的。"她就当着阿部的面前，把裘放在火里，那裘遇火，就化为灰了。阿部在旁见了，脸色大变，抱着头逃去了。

大纳言大伴差他的家臣去取龙首的五色玉，家臣们得了这个差使，无法可以遵办，大家都逃散了，大伴还欢天喜地地在家中看匠人修理房舍，以便迎接赫映姬。等了许久，还不见家臣们把五色玉取来。他着急起来了，自己带了两个侍从,走到难波的海滨,也不见家臣们的踪影。他听船夫们说,五色玉是非杀了龙不能够取得的,他便乘着船到海里去了。船行到紫筑,海中起了飓风,船被波涛击到播磨明石的海滨。大伴卧在房舱里,已经半死了。他狼狈着回来,大骂赫映姬害人不浅,也不去寻龙首的五色玉了。(注:另有一种《竹取物语》的本子,说大伴在海面看见两粒青色的东西,他以为是玉,叫人捞取来一看,是两个李子。)

中纳言石上要取得燕子的子安贝,他便去问人。有一人名叫麻吕的,告诉他子安贝须待燕子在巢中产卵时才有,如要取获,也并不难,只消等燕子产卵时,爬到屋上去寻就得了。后来到了燕子产卵的时候,他便令人爬上屋子去寻觅,那人寻了一会没有寻着。他叫道,让我亲自来吧。他坐在笼里,叫屋上的人拉他上去,不料绳子在中途断了,他跌了下来,后来卧病很久,惟有怨恨赫映姬的捉弄罢了。

五个求婚的贵族都失败了。后来皇帝听说赫映姬的容貌盖世,便遣使者到了砍竹翁的家中,说皇帝要见他的女儿一面,翁说他不能作主,须由本人的情愿才行,使者便回去了。皇帝听说他不肯,想用禄位去骗他,叫人对他说,如果他肯把女儿献上,就赏赐他五品官。翁听说就去想方设法,费了许多唇舌,劝女儿到宫里去,女儿无论怎样,不肯答应。后来皇帝便借打猎为名,亲自到砍竹翁的家里来。他走进门内,就看见了赫映姬,赫映姬见了皇帝,以袖掩面想要逃走,但已来不及了。皇帝拉着她,说要带她到宫里去,赫映姬很巧于辞令,她说自己非本国所生,不谙礼仪。皇帝说,这有什么要紧呢。赫映姬仍是不肯答应,皇帝才怏怏地回宫去了。

皇帝回宫后,时时写情书给她,如是者过了三年。那年春天,赫映姬凭栏赏月,忽有所感,不觉泣下。将近八月十五,她悲戚更甚。老翁问她,她才说道:"我是月宫里的,如今非回去不可了。她们将于十五那一天来接我,我舍不得离开你,所以悲泣。"翁与妪听了她的话,也只有悲叹罢了。

皇帝知道赫映姬将升天,他命甲士二千人守护砍竹翁的住宅,老妪紧抱着她。他们以为如此,她就不会走开了。不料到了半夜,天上有人乘云下来,甲士此时如醉如痴,不能拒抗,只能任随她升天了。姬走后,留下书信一封及不死药一包,赠与老翁,作为纪念。翁和妪因女儿走后,觉人世没有什么快乐,不愿服那不死之药,把药和信赠与皇帝。皇帝见了那封信,就问臣下道:"你们知道这附近有什么高山与天相近的么?"臣下答道:"在骏河国境,有一座高山和天相近。"于是皇帝遣使臣把药和信带到那山上,用火焚烧。又名那山曰不二山,相传其烟冉冉,入于云中,历久不绝云。(注:不二山或作不死山,与日本现在的富士山同音。)

(三)《伊势物语》

《伊势物语》的通行本,载有短篇故事一百二十六节,传为在原业平的著作。内容以短歌为主,而附以关于短歌作者的逸话。它的内容,并无有机的联络,只是许多简短的故事,每段的头上,都以"昔有某人"开始。所谓"某人",总是一个多情善感的人,他对于许多女性都抱着温情,向她们表示真诚,他作的歌,为书中的主要成分。至于"伊势"二字的用意,历来有两种异说。一说"伊势"的发音与"ese"通,有"僻言"之意;一说书中记有伊势(地名)齐宫的故事,故用伊势为名,二说未知哪一说是对的。文章简洁朴素,故事也不少有趣的,现译引一段作者在青年时代的恋爱故事,聊供欣赏。

月呀,你不是从前的月!(题)

从前在东五条有皇太后造的一所官院,院里有一位妇人,她被一个男子恋爱。正月十日那天,她悄悄地避走了。那男子知道她所居的地方,但是不能够去访她,他的心中十分悒郁。翌年的正月,他走到妇人的旧居外面,见去年开过的梅花仍然盛开,他立在那里徘徊瞻望,但觉景物都不似往年,不觉泫然而泣。他颓然地坐在廊下,回思往事,直到月落,终宵流泪,并作歌曰:

月呀,你不是从前的月,
春呀,你不是从前的春,
只有我呀,
还是从前的我。

(四)《大和物语》

《大和物语》的内容与《伊势物语》近似,是两卷短篇故事。它的作者,从来有二说。一说是在原滋春作的;一说为花山院的御制。折中之说,则谓先由滋春制作,后由花山院补笔。制作的时代,则在朱雀院天庆年间。关于"大和"二字的题名,亦有三说。其一,"大和"为日本的总称,即大和的故事(日本的故事)之意。其二,"大和"即"大和歌"之意,"大和"为"大和歌"之略,即"和歌"的故事之意。其三,书中所记以大和的故事为多(虽也有山城及他处的故事),故名《大和物语》。以上三说,以第二说较近情理。原书里的故事,有趣的不多。下面所译的,是其中的一段。

信浓国更科地方,住着一个男子,他在年幼时,丧了两亲,由姨母视作亲生子抚养。他长大起来,娶了妻子,妻子是一个凶恶的女人,她见了衰老的姨母,生了怨心,常在丈夫面前,说姨母的长短。那男子的心是软的,不觉有点心动。后来姨母老得不能动弹了,妻子不愿去扶侍她,有一天,她对丈夫说:"如果任她这样下去,不知道她要活到哪一天呢。你带她到深山里去,把她弃了罢。"男子虽不同意于他的妻子,但被她吵闹不堪,只得答应了。

一个月色皎洁的晚上,他骗姨母道:"姨母!山里在做着热闹的法事,你去看好么?"姨母答应了,他把她背在背上,走到深山里,把她舍弃在有蜂子的地方,便跑回来了。

他跑下山时,还听着姨母悲哀的叫唤呢。

后来男子有时和妻子吵嘴,发怒的时候,便想起抚养他如亲生子的姨母,他的心里很懊悔,觉得悲哀。

在一天晚上,他看见美丽的月亮,从山岭上出来,他有所感触,一夜都未合眼,不胜悒郁,他咏了一首歌,歌曰:

我看着那

照耀在——

使我不安的更科和姨舍山上的月亮,

我好悲伤呀。

他吟了歌后,就跑去把姨母接回来,以后就叫那座山为姨舍山。

(五)《宇津保物语》

《宇津保物语》的构想有点像《竹取物语》。只是《竹取物语》是超现实的,这是现实的罢了。《竹取物语》写一个超人间的仙女,这篇故事写的是可笑可泣的人物。描写人生的故事,当推这一部为最早。原作的著者,有人说是源顺,又有人疑为紫式部的父亲藤原为时的著作。制作的年代,约在圆融、花山二帝时。全部共二十卷,结构略仿《源氏物语》,文章颇简洁古雅。原作的梗概如次——

从前有一个人名叫清原俊荫,十六岁时,充遣唐使(官名)赴中国,在海里船遇暴风,飘流到波斯国,得遇仙人,授以琴术。或日入山,遇阿修罗,将为所噬,以哀请得免。且得异木所制的琴,更赴西方,逢七仙人,又学琴,回国时已经三十九岁,父母已亡。俊荫受了嵯峨院帝的宠幸,叫他教琴,辞而不受,住三条京极,教他的女儿学琴,借以度日。女年十五时,俊荫便死了。后来有一个人叫藤原兼正与女相遇,便互相好合,女子便有了孕。兼正离了女子后,久无消息。后来生了一子,贫穷无以自活。子五岁时,见山中大杉树有一洞穴(洞穴二字的读音是"宇津保"),母子二人,就以洞穴为家。后来起了兵乱,母子正危殆时,藤原兼正因事经过那里,听着琴声,才寻着母子,遂得团圆。子名忠仲,颇聪慧,长后显达云。

(六)《落洼物语》

《落洼物语》,俗传也为源顺之作,但不足为信。著作年代,当在圆融、花山二朝以前。内容写继母虐待幼子,有标榜劝善惩恶之意。江户时代的作家泷泽马琴曾将它改作,名为《皿皿乡谈》。"落洼"二字,是指不洁和洼下的宫殿,故名《落洼物语》。内容叙中纳言忠赖的妻子,生有三男四女,前妻遗有一女,她爱自己生的儿女,对于继女,十分虐待,她叫她住在宫殿里的不洁和洼下的房间,吃的穿的都很恶劣,全家的人,替继女起了一个绰号,叫她做落洼小姐。只有一个扶侍她的女婢,名叫阿漕的,对她表同情,很爱怜她。阿漕有一个情人,是藏人少将的侍从。侍从把洼落小姐被继母虐待的情形,和少将提起,少将很哀怜她。后来经那侍从与阿漕的传递情书,二人便结了因缘。但是少将在早和忠赖的第三个女儿恋爱的,其间便发生了风波。结局是落洼小姐和少将成了眷属,她的父亲和异母的姐妹也都爱她了。

(七)《狭衣物语》

《狭衣物语》传为紫式部的女儿贤子(高阶成章的妻子)所作,也有人说是源赖国的女儿(名宣旨)所作的,但均有可疑。著作的年代,约在永承、天喜年前后。全篇的结构,均仿《源氏物语》,借狭衣大将这个理想的人物,描写当时的现实社会。书中人物的性格,模糊不清,事件的发展也多不自然,文章也冗漫,远逊《源氏物语》。

(八)《滨松中纳言物语》

这部书传为菅原孝标的女儿所作,但有异议。现在流传者只有四卷,首卷及末卷已散失。原作也是仿《源氏物语》,价值甚低。

(九)《堤中纳言物语》

传为藤原兼辅作,他是藤原利基的儿子。延长四年官权中纳言,死于承平三年。他曾筑馆舍于加茂川堤畔,世人称他为堤中纳言。原书共收短篇十种,中以《折樱花的少将》一篇为最好,富于轻笑的趣味。

(十)《夜半寝觉物语》

相传也是菅原孝标的女儿的著作。全书共五卷,原本已不传,现存者已非本来的面目。原作的内容与结构,也仿《源氏物语》。

(十一)《替换物语》

作者已不传,内容记权大纳言有男女孩子各一,男孩的性格像女子,女孩的性格像男子;遂将男孩当作女孩养成,将女孩当作男孩养成。原作以记他们一生的经过为主,并穿插着恋爱的故事。

平安时代的小说,除了上述的几种外,别无什么可记的。这些"物语"之中,以《竹取》《源氏》两种为最重要,对于后来的文学,有很大的影响。

二、诗歌

诗歌到了平安时代,发生一大变化。长歌已形衰微,短歌成为韵文的中心。在《万叶集》时代,叙景的歌居多数,这个时代以抒情的为多,以前的歌有雄大的思想,注重内容,到了此时,则变为纤巧,徒拘泥于形式。从前用歌来写人生,现代则以歌为玩品。这个时代的韵文,都具有这种倾向。

代表这个时代的短歌集,是一部《古今和歌集》,通称为《古今集》,为《万叶集》以后的一部重要的歌集。编纂的动机,是由于当时醍醐帝的敕令,故为敕撰歌集的滥觞。但此集的产生,也和时代有关系。1.《万叶集》以后,没有一部和歌的总集,不能不有一部《万叶集》所未载的和歌的总集,以为世人的楷模,所以从事编撰。2. 在汉文流传日本后,中国的诗歌也为日本人士仿作,盛行一时。此时正当唐末混乱的时候,日人对于中国的信仰较以前稍形薄弱,对于自己的东西,特别感着需要,因此"和歌"盛行。3. 和歌(每首三十一音)简短,仅用三十一字,传达悠远的情绪,易于制作,且易见长,即兴吟咏,最为适当,所以为时人所重。4. 当时妇女最喜作和歌,因和歌的性质,本含有"女性的"之故,如小野小町等女歌人,她们的作品,并不劣于男作家。5.此时的皇帝醍醐,颇爱风雅,有他在上提倡,在下者也就景从了。

《古今集》中的作家凡一百二十四人,歌数为一千一百首,共二十卷。歌的分类较《万叶集》为广,有春、夏、秋、冬、贺、别离、羁旅、物名、恋爱、哀伤、杂歌、杂体等。责任编撰的人为纪贯之、纪友则、凡河内躬恒、壬生忠岑诸人。集中杰出的作家,除了上述四人外,尚有小野小町(女)、在原业平、正通照(僧,俗名良峰宗贞)、夕屋康秀、大伴黑主、喜撰法师、清原深养父、藤原兴风、大江千里、在原元方、藤原兼辅、坂上是则诸人。

纪贯之(882—946)是望行的儿子,望行本以歌名,故贯之长后,也精和歌,他曾任土佐守(官名),著有《土佐日记》(详后),他的名句有——

> 想起不知明白的我,
> 趁未暮的今日,
> 思念我的人儿罢。

> 人的心是难知的,
> 只有我故乡开着的花,
> 它的香气依然如昔。

纪友则(845—905)曾为土佐守,后转大内记,他的名句有——

频年来，我抱着没有消蚀的相思，
眼泪冻凝在我的衣袖上，
——没有融解。

壬生忠岑（808—965）为从五位下安纲的儿子，曾为右近卫大将藤原定国的随侍，后任御书所及摄津大目，他的名句有——

我们在睡着时看见的，
能说那是梦吗，
这浮世，我却不能看它是现实。

凡河内躬恒（859—907）的家世不详，曾任甲斐权少目，丹波松大目等职，他的名句有——

在晦暗的春夜，
看不见梅花的颜色，
但它的香气却怎能隐藏呢？

小野小町的身世已不可考，相传她很美丽，纪贯之在《古今集》里，收她的歌很多，又在序文内赞美她，下面一首，可代表她的风格。

我相思着就寝

也许会在梦里瞧见那人罢！

如在梦中知道那是梦，

我就不情愿醒了。

《古今集》以后，有歌集多种，内容相似，兹列举如次。

歌集名	卷数	编撰者	敕撰者	编撰年代（公元）
古今集	二〇	纪贯之等	醍醐帝	905年
后撰集	二〇	源顺等	村上帝	965年
拾遗集	二〇	藤原公任？	花山院帝	997年
后拾遗集	二〇	藤原通俊	白河院帝	1086年
金叶和歌集	一〇	源赖俊	同上	1124年
词华集	一〇	藤原显辅	崇德院帝	1145年
千载集	二〇	藤原俊成	后鸟羽帝	1186年

平安时代的诗歌，除了上述的几种敕撰歌集外，也有民间产生的诗歌，即——

1. 神乐歌；

2. 催马乐；

3. 今样歌。

神乐歌的起源甚早，在祭神完毕后，举行余兴时歌唱，制有歌谱，历经改订。歌词以关于神事的为主，也咏风俗、恋爱、自然、亲子之情，讽刺等。

催马乐为当时的俗谣，"催马"有"赶马"之意，为马夫所唱。那时各地方有朝贡皇帝的贡物，由驮马负载到京城，马夫催马时，便歌这种小曲，借以祛除疲劳。词句中多含"呼喝"，为纯粹的俗歌。

今样歌犹如梵赞，又如基督教之有赞美歌一样。所咏不限于佛事，也有述怀抒情的辞句。它的起源时期，已不可考。歌词与表情动作相合，在平安末期到镰仓初叶最为流行，无论上下贵贱都欢喜歌唱，后与一种"白拍子"的舞蹈合演，可说是日本原始的歌剧。"白拍子"本为拍子调的一种名称，后转为与今样歌相合的舞蹈之意。其后意义又变，凡演这种舞蹈的"艺伎"，都名叫"白拍子"（按，当时的"白拍子"比较现在的"艺伎"有品格，且通文墨，能即席作歌作曲。）

以上所述，为平安时代韵文的概略。此外尚有一种《和汉朗咏集》，为藤原公任编纂，共上下二卷，内容有汉诗和歌，多模仿前人的著作，价值甚微。

三、随笔

"随笔"是把自己的见闻感情，一任情意地奔驰执笔记出的文字，或称"小品文集"与"杂记"。日本的随笔文学，当以清少纳言的《枕草纸》为始。

清少纳言是著名歌人清原元辅的女儿，自幼多才，长后遇皇后定子微召有才的侍女入宫，她遂被拔擢，时年二十七岁。她在宫廷时与《源氏物语》的著者紫式部同时，紫式部侍"中宫"彰子，定子与彰子争宠，因此紫式部和清少纳言在宫廷里争雄，时有文字上的竞争。相传皇后定子在降雪之日向清少纳言问道："少纳言，香炉峰的雪怎样了?"她听了定子的话,便开了纸扇,将帘子高高地卷上,定子微笑,颇喜她的机智。因为那时日本的人士喜欢读白乐天的"遗爱寺钟欹枕听,香炉峰雪揭帘看"的句子,故有这类的佳话。她曾与头中将齐信、头辨行成、修理亮则光等人恋爱,和齐信的关系最深。

《枕草纸》全书共有三百零一段。各篇独立,或写风俗人情,或写景物名胜。兹译引第一段为例,借窥原文的优美。

> 春天的季节,兴味最深的,是破晓的时候。天空渐次泛作白色,山际微明。承受将升的天阳光的云,带着紫色,暧暧的模样,真是美丽。夏季兴趣最深的是夜间,月夜是不用说的,即使暗夜,有萤虫飞来飞去,或是降雨也是有趣的。秋季兴味最深的是夕暮,日影美丽的照耀,夕阳下倾山际,晚鸦归巢,三三两两的并列着飞翔,看去令人神往。雁翔空中,列成曲形,或斜成人字,有很深的兴味。夕日没后,风声虫声,增加了秋日的情景。冬季以清晨最有兴味,若是在早上降雪,更有趣味。降了浓霜,皑皑一白,是很好玩的。寒风吹时,烧炽了火,拿到这屋里那屋里去,又有一种风味。到了午后,寒气渐减,疏忽了火盆里的火,炭火变了灰烬,却是不应该的。

在平安末年,出了一种杂录的文集,名叫《今昔物语》(又名《宇治大纳言物语》)。作者为宇治大纳言(官名)隆国,历任重职,后因病出家,死时年七十四岁。相传隆国寓居宇治的南泉房时,正当大暑,他叫人在板廊上铺了席子纳凉,过路的客人,无论男女贵贱,都邀进屋内,请他们每人说一桩故事,结果便成了这一部书。全书共三十一卷,第一至第五卷为天竺之部,记释迦传记及他的生前殁后的传说,要目如次——

一、释迦;二、同上;三、同上;四、佛后(涅槃之后佛弟子的事迹);五、佛后(释迦提婆等前生之事)。

第六卷到第十卷为震旦之部,内收佛法传来中国及中国的史谈,要目如次——

六、佛后(记佛教流传中国);七、佛后;八、佛后(此卷失传);九、孝养;十、正史(记中国的史谭与庄子的寓言等)。

第十一卷到第三十一卷为日本之部(本朝之部,除佛法外,并记世俗、宿报、灵鬼、恶行、杂事等),要目如次——

十一、记佛教渡来,建立佛寺等;十二、诸法会,近代各僧的传记与佛教修持的功德;十四①、同上,并记其他经文与陀罗尼功德;十五、往生的事历;十六、观音的利益;十七、诸

---

①底本无"十三"一条。

佛的利益(特别是地藏);十八、此卷失传;十九、佛教杂志(记有名的人出家,利用佛物的罪报、孝养、乌龟报恩等故事);二十、天狗外术,记宿报现报等;二一、此卷失传;二二、记镰足以下藤原氏各代;二三、武勇谈;二四、记精于世俗、医药、阴阳、说书、诗歌等的人的事迹;二五、记世俗(战争私斗等);二六、宿报;二七、灵鬼;二八、世俗(记滑稽、怪异等);二九、恶行(所记以盗贼为主,并记禽兽之行);三十、杂事(记关于夫妇、人伦之事);三一、杂事(此为补遗)。

(上列三十一卷,计有第八、第十八、第二十一等卷失传。)

《今昔物语》的内容虽是浩瀚,但非创作,颇乏文学上的价值。在材料方面也未能精选,故无何等历史上的价值,但如要研究通行于当时各层社会的迷信或探讨各种童话传说的转变,则此书大有用处。文章虽是质朴,能保存当时的语调。书中的故事,有趣的很多,兹译引一例。

从前九州地方有一个渔夫,他的家住在海边,家里的人,常到海滨拾取贝类为食。

有一天,渔夫的妻子带了孩子和邻家的女儿到海滨去拾蛤贝,女人把背上背着的仅有两岁的婴儿解下来,把他放在岸边的一块大石头上,叫八岁的女儿看守着婴孩,她们唱着歌,自己在石矶岸寻觅蛤贝。他们忽见岸边有一个猿猴,站在那里,她们便向着猿猴走去,那猿猴并不逃避,她们很惊异,再走近猿猴的身旁,看见有一个大贝夹着猿猴的手,猿猴不能够移动,她们看见这情景。大家都笑了。如果猿猴不遇见他们,海潮涨时,猿猴就要死了。

在她们里面有一个女子,向猿猴掷了石子,想把它活捉回去。但是别的同伴和那渔夫的女人(带了婴孩来的那个女人),她见了,心中不忍,想帮助它脱难。后来大家决定帮助猿猴,拾了木片来,把大贝的壳开了,猿猴的手挣脱,那大贝便走回海里去了。

猿猴得脱,它欢欢喜喜地走了,走时好像拱着手朝她们拜谢的模样。猿猴走了几步,忽然折向那块有婴孩坐在上面的大石头走去,她们都惊异起来,跑上前去看,只见那猿猴把婴孩背在肩上,向山里逃走了。婴孩的母亲很焦急,便去追那猿猴。那猿猴快要跑进山林里了。母亲发狂似的在后面追赶,口中骂它忘了救命之恩,反把恩人的婴孩夺走。有一个女人,也跟在后面追。

猿猴逃走时,他并不跑得很快:她们跑得快时,它也跑得快;她们跑得慢时,它也跑得慢。当中总隔着一两丈的距离,渐渐深入山中了,她们终不肯舍,仍旧追上去。

猿猴跑到山的深处,它抱着婴孩,登上树上去了。她们跑到了树下,见猿猴抱着婴孩,坐在很高的树枝上。有一个女人便跑回去叫男子,只有婴孩的母亲站在树下,仰看着树子哭泣。

这时猿猴的右手拉着一棵大树枝,故意把它拉弯着,左手把婴孩抱在胁里,它把左手略动,婴孩便呱呱地哭起来了,婴孩哭了一会不哭,它又把他弄哭。在不明白猿猴的用意时,只见空中有一只大鹫,它听着婴孩的哭声,凶猛地飞扑过来。母亲在树中看见这情景,想这回婴孩是无术可救了。纵使猿猴不弄死婴孩,也难逃鹫鸟的膏吻了。她着急得要死。

鹫鸟伸着尖锐的脚爪,张着阔大的翅膀,看着婴孩飞来,看看飞近,猿猴便把先前拉弯着的树枝离了猿猴的手,不偏不倚,正好弹在鹫鸟的头上,头便粉碎,鹫鸟的死骸便落到地上去了。

母亲在树下看见,才觉得放心一点。这时猿猴再用右手去拉弯那树枝,若有所待,又弄婴孩放声哭泣,既而另有一只大鹫鸟飞来,待它飞近婴孩时,猿猴又用先前的法子,把鹫鸟击落在地上。

母亲仔细看着猿猴的举动,才知道没有杀害婴孩的意思,反是因为它要报恩,设了这条妙计,击落鹫鸟,当作礼物,母亲这才安心了。猿猴用了同样的方法,一共击落了五只鹫鸟。

这时猿猴抱着婴孩,爬下树子,安安稳稳地把婴孩安放在树下,它又爬上树子去了。母亲跑上前去,抱起婴孩,喜欢得落了眼泪。

渔夫喘着气跑来了,见了婴孩无恙,自是欢喜,这时猿猴也不知去向了。女人把经过的情形对丈夫说了,拾起地上的五只鸷鸟,抱着婴孩,走回家里。后来把鸷鸟的尾和羽毛拔下,拿到市上去卖了一注钱,夫妻二人,就变成小康了。

近代的日本作家,有的从《今昔物语》得到题材,做成不朽的作品(如芥川龙之介等),可见这部书的影响很大。《宇治拾遗物语》十五卷,为《今昔物语》的续篇,体裁与文体,都与《今昔物语》相同,惟较有清新的趣味。

四、日记文学

这时期的日记文学,有下列各种。

1. 旅行日记

(1)《土佐日记》

(2)《更科日记》

2. 记日常生活的日记

(3)《紫式部日记》

3. 叙事的日记

(4)《蜻蛉日记》

(5)《和泉式部日记》

(6)《赞岐典侍日记》

(一)《土佐日记》

纪贯之的《土佐日记》为日记文学的先驱,贯之又是歌人,为《古今集》编撰者之一(见前)。他曾任土佐守,于承平四年(934年)任满回京,在途中写了这卷日记。著作的动机,因他丧了爱女,所以借文字解除自己的闷恼。文字简洁,为后人爱读。

(二)《更科日记》

《更科日记》一卷,为菅原孝标的女儿所作。孝标女儿的真名,已不可考,仅知道她是橘俊通的妻子。作者嫌怨现实社会,憬慕空幻。这一卷日记,是她记载结婚时到与夫死别四十年间的生活的文字。

(三)《紫式部日记》

《紫式部日记》二卷,为《源氏物语》的作者紫式部之作。内容记宽弘五年(1008年)以后三年间宫中的见闻,后人知《源氏物语》为紫式部的著作,也有赖于这部日记的记载。

(四)《蜻蛉日记》

《蜻蛉日记》三卷,为藤原兼家的妻子(即大纳言道纲的母亲)之作,内容为一个失恋的、结婚后破灭的贵妇人的记录。文字里时见含着珠泪的幽怨、激烈的嫉妒与反抗。作者于天历八年(954年)与兼家结缡(时兼家年二十六),日记从此时开始,记到天延二年(974年)兼家四十六岁时为止。写兼家移爱他人,她和兼家分居,后虽一度好合,结局仍没有终老,能把平安时代女性的苦闷如实地表现出来。

(五)《和泉式部日记》

《和泉式部日记》一卷,为和泉式部之作。式部是一个热情的女诗人，内容记她和帅宫敦道亲王的恋爱事件，发挥她的浪漫的精神，是一部求爱的记录。

（六）《赞岐典侍日记》

作者为赞岐典侍（典侍为女官名），共二卷。典侍的身世不详，或谓是源之位赖政的女儿赞岐。她仕于堀河帝，记帝生时及死后事，后又仕于鸟羽帝。日记的记载，终于天仁元年（1108年）。

五、历史文学

《古事记》是日本的建国史，用一种古怪的文字写成，自《古事记》以后，没有一册用"假名文字"写成的历史。到了这个时期，有了两部历史的著作产生出，一为《荣华物语》，一为《大镜》，二者都是用"假名文字"写成的，也就是用纯粹的国语写成的。

《荣华物语》共四十卷，作者已不可考，有人说是赤染卫门的著作；有人说是安藤为业的著作，伴信友则谓原书分上下两篇，上篇确为安藤为业写成的。原书的作成时代，也不可知，约成于堀河天皇时。记叙用小说的体裁，每卷冠以美妙的题名。上卷起自宇多、醍醐、朱雀、村上以至后一条帝万寿五年二月（约八十余年），下篇起自后一条帝长元三年至堀河帝宽治六年二月（约六十四年间）。内容以描写摄政大臣道长的荣华为主眼，记载颇多正确，对于当时的冠丧婚娶、声歌管弦、装束仪式、佛法供养等类的记叙，也很详尽，足为史家的资料。

《大镜》也成于平安末期，作者亦不可知。《荣华物语》用编年体,这书则用列传体编成。书中所记史事,与《荣华物语》中的略同,全书的构成如次——

帝　纪

文德天皇(田村帝)—清和天皇(水尾帝)—阳成天皇—光孝天皇(小松帝)—宇多天皇(亭子君)—醍醐天皇—朱雀天皇—村上天皇—冷泉天皇—圆融天皇—花山天皇—一条天皇—三条天皇

列　传

左大臣冬嗣—太政大臣良房—右大臣良相—权中纳言从二位左兵卫督长良—太政大臣基经—左大臣时平—左大臣仲平—太政大臣忠平—太政大臣实赖—太政大臣赖忠—左大臣师尹—右大臣师辅—太政大臣兼道—太政大臣为光—太政大臣公季—太政大臣兼家—内大臣道隆—右大臣道兼—太政大臣道长

拾　遗

式部卿即位—贺茂临时祭的起源—八幡临时祭的起源—亭子君让位与伊势之歌—延喜君的仁政—朱雀帝的让位—莺宿梅—繁树之妻的故事—良岑众树宰相—村上源氏—石清水的临时的祭式—三河入道到中国—犬的法事—

法成寺的五大堂供养—东三条院四十岁的祝贺—上东门院行幸大原野—大极殿的幽灵—世继的自赞—高丽的相士—贯之、躬恒的歌—曾根好忠—三条院的禊祓—祯子的着裳仪式

《荣华物语》与《大镜》两种著作，内容虽以史事为主，但文笔美丽，可视为文学作品。在平安时代，另有五种历史，模仿前代的《日本书纪》，用汉文作成，则乏文学的价值。现把五种的名称（与前代的《日本书纪》合计为六种）列表于下。

书名	卷数	记载范围	编撰者	编撰年代（公元）
日本书纪	三〇	神代—持统	舍人亲王 等	720 年
续日本纪	四〇	文武—光仁	管原真道 等	797 年
日本后纪	四〇	桓武—淳和	藤原冬嗣	842 年
续日本后纪	二〇	仁明	藤原良房	869 年
文德实录	一〇	文德	都良香 等	879 年
三代实录	五〇	清和—光孝	营原真道 等	901 年

第四章　近古文学

总　论

平安末年,政治腐败,中央的威令不行,因保元平治(1156—1159年)的内乱,社会的动摇更甚。各地方的豪族独霸一方,遂形成封建的局面。源赖朝经了几次的苦战,在镰仓设幕府,称征夷大将军,统辖全国的兵马,是为武门执权的滥觞。在混乱的形势之下,文学的兴盛是无望的,这时期的文学,可以视为中落时代。

平安时代的文学,多出自宫廷贵妇的手里,到了这个时代,世变相寻,学者隐遁,所以文学转到隐遁山野者的手里了。平安时代的作品柔媚典雅,这时的文学幽郁沉痛,因为时代精神的不同,文学的表现就有这样的差异。

这个时期的文学,可以分做两种式样,一种是模仿的(如和歌、小说等),一种是新兴的(如战记物语、谣曲、狂言等),现依照下列的秩序,分述这时代的文学:

1. 诗歌；

2. 战记物语；

3. 随笔与日记；

4. 谣曲与狂言；

5. 历史文学。

一、诗歌

自从前代有《古今集》产生，此时便跟着模仿。敕撰的歌集，共有九种，中以《新古今集》为特出，集中的歌人，以藤原定家最有名。集中诸人的歌，除了少数有独创性之外，大多是因袭的著作，九种敕撰歌集的名称如下。

歌集名	卷数	编撰者	敕撰者	编撰年代（公元）
新古今集	二〇	定家、家隆 等	后鸟羽帝	1205
新敕撰集	二〇	定家	后堀河帝	1222
续后撰集	二〇	为家 等	后嵯峨上皇	1250
续古今集	二〇	为家 等	同上	1265
续拾遗集	二〇	二条为氏	龟山上皇	1278
新后撰集	二〇	二条为世	后宇多上皇	1303
玉叶集	二〇	京极为兼	伏见上皇	1312
续千载集	二〇	二条为世	后宇多上皇	1320
续后拾遗集	二〇	为藤为定	后醍醐天皇	1324

这时出了一个纯情流露的歌人，便是西行法师，他的歌见于《新

古今集》与《小仓百人一首》内,《山家集》为他的专集。此外有《御裳濯川歌合》《宫川歌合》《撰集抄》《西行谈抄》等作。西行本名佐藤义清,是藤原秀卿的九世孙,能诗书,善弓矢,在鸟羽帝时曾为武士,任左兵卫尉,帝爱他的才,想拔擢他,但辞而不就,后见族人宪康的急死,遂有厌世之想,终于舍弃弓矢,携杖出家,周游各地山水。他的歌以咏"自然"之美出色,为世人所爱。

源实朝的《金槐集》在这时的歌坛另树一帜,他不受当时歌形的束缚,而用《万叶集》的风调作歌,有"万叶歌人"之称。他是大将军源赖朝的第二个儿子(兄为赖家)年未满三十,为人暗杀。他的歌多咏人生的不安与道义、人情等。

二、战记物语

平安时代的社会的中心是贵族,这时代的社会的中坚是武士,武士的精神就是武士道,为建筑封建制度的基石。这个时代有源氏、平氏的战乱,描写这些战乱的故事,便称为"战记物语"。它具有下列的几种特质。

1. 它的成立是"国民的",不是"个人的"。(因作者与制作的年代都不能够确定)

2. 它可以和乐器,广布于民间。(这种物语虽是散文,但有音节,当时的人把它像"说书"似的说出,和以琵琶)

3. 它的内容,最能发挥国民的性格。(如尊王忠君、祖先崇拜、尊重家名、尚武任侠、钟爱自然等)

4. 它的"结构"是民众的。(原作都富于戏曲的变化,以历史的事实为主要题材,加上空想,配合多量的传说的要素,也有小说的诗的分子,借以表现国民英雄)

5. 它的表现形式,适于民众的诵读。(前代的文学是贵族的、古雅的,难得使人懂,不能普及民众。这些物语的表现方法是民众的,用流利畅达的文学,富于音律)

6. 它对于后代文学的影响很大,有功于日本国民思想的培养,及国民文学发达的促进。〔内容的故事都是描写忠孝侠义的,即是所谓武士道的真精神,日本的帝王贵族都依赖这种精神来维持他们的地位。又这些物语,为后来的谣曲、剧本、狂言、通俗小说(讲谈)的题材的来源〕

7. 它的内容,除写"合战"(即混战之意)而外,兼有下列各种的描写:(1)关于出家、修道、说法等;(2)关于个人的经历逸话等;(3)关于韵事、游兴、游览等;(4)关于官职等;(5)关于两性的情史;(6)写哀愁困苦等;(7)写名所胜迹等。

战记物语共有五种,称五大战记物语,即《平家物语》《源平盛衰记》《保元物语》《平治物语》《太平记》等是。

(一)《平家物语》

此书的作者已不可考,或说是叶室时长,或说信浓前司行长,或说桂大纳言,或说为五六人合作,异说纷纷,未知孰是。原书分十二卷,前六卷叙平氏的荣华,后六卷叙平氏的式微。以清盛为主要人物(清盛的性格横暴),副人物为忠盛(忠盛的性格温厚)。书中的文字疑仿我国的骈体。试译原书首几句于下。

> 祇园精舍之钟声,
> 乃诸行无常之响;
> 沙罗双树之花色,
> 显盛者必衰之理。
> 奢者不久,
> 唯如春夜之梦,
> 强人遂亡,
> 偏同风前之烛。
>
> ——《平家物语》卷一《祇园精舍》

(二)《源平盛衰记》

此书共四十八卷,内容所记的事实与《平家物语》相同,惟记载较为详细,作者也不知为何人。

(三)《保元物语》

记保元元年的战乱,共三十七则。用兄弟、亲子等骨肉的残杀为题材,加入空想的分子,有运命的悲剧之趣味。

(四)《平治物语》

记平治元年的战乱,共三十六则。描写的主要人物为信赖、义朝、信西、清盛四人。因信赖、信西的失和,遂起纷争。以上四人是引起平治战乱的人物。

(五)《太平记》

全部共四十卷，又名《天下太平记》《国家太平记》《国家治乱记》，作者不详，传为小岛法师的著作。内容记南北朝（1330—1406）峙立时代的战乱，从倒镰仓幕府的谋略泄漏，俊基、资朝被捕处死叙起，直至北朝的将军义铨死后，义满执政，战乱平静时止。对于南朝的衰微，记得很详细。文字结构，都模仿《平家物语》。

三、随笔与日记

在这个时代，有两种随笔集是极有价值的。一为鸭长明的《方丈记》，一为兼好法师的《徒然草》。

鸭长明的祖先本是加茂的神官，他曾仕于朝，任和歌所寄人，后以继家业请辞，但未蒙允许，遂郁郁不乐。五十岁时削发出家，隐于距京都数里的大原山。后赴镰仓，逢源实朝，归京都后，在日野山麓结方丈庵栖身。《方丈记》（1212）是他当时的见闻录，共一卷。原书先叙他的厌世观，次记安元三年（1177）京都的大火，以及元历（1185）的大地震、养和（1181）的饥馑。此外还记有他的隐遁与日常生活，书中的背景，则为佛教的厌世观。

兼好法师本姓卜部，是兼辅的第三子，因世居吉田，故又名吉田兼好。在后宇多帝时，他曾任左兵卫佐，帝死后，他遂出家，后隐于木曾。他喜欢独身生活，不喜结婚，但却说"不懂恋爱的人，好像玉杯没有了底"（见《徒然草》第三段）。他不喜欢有儿子，他说有儿子是很麻烦的。他的思想颇近于虚无，但有他的自得其乐的地方。

《徒然草》一作,在他生存时,并没有人知道。他死后才由他所用的一个童子,名叫命松丸的,领了今川了后,取出他的遗作,因此才流行于世。原稿的第一句有"徒然的"一句,遂用作这本随笔集的名称。全集共有二百四十三段,每段独立,记作者的观察、感想、主张等。里面有事实的记录、传说的异闻、修养的问题、趣味的问题、世态人情的考察、自然风景的观赏、空想的叙述、处世的态度等文字。

自从平安末年《今昔物语》出后,此时便有模仿它的著作,如《古事谈》《续古事谈》《今物语》《十训抄》《古今著闻集》,都是断片的故事的集录,内容记着历史的、传统的、教训的、猥亵的谈话,惟在文学上的价值则很微弱。

这时代的日记文学,以阿佛尼的《十六夜日记》为最佳。阿佛尼是藤原为家的后妻,先妻有子名为氏,因他不孝,为家遗言,不将世袭的遗产给他,但为他所霸占,那时阿佛尼的亲生子为相年幼,不能抵抗,阿佛尼遂到镰仓去控诉。这部《十六夜日记》就是她在中途所写的,是一篇感伤的纪行文。

《中务内侍日记》为宫内卿永经的女儿之作,她的传记已不可知,日记内记有皇帝即位与宫中的祭祀等。

《辨内侍日记》为中务大辅信实的女儿之作。作者是当时的才媛,长于诗文。日记中有她作的和歌;文章朴素,记事简略,价值甚微。

四、谣曲与狂言

"谣曲"为"能乐"的歌词,要说明谣曲,必先知道"能乐"。

能乐(No play)是一种乐剧,盛行于室町时代。能乐的起原,现在成为学者间聚讼的问题,有的说受我国隋唐的散乐的影响;有的主张起原于延年舞、伎乐、宴曲,此外还有几种的起原说。但折衷的说法,则谓"能乐"并不是一种单纯性质的乐,必为历来的一切歌舞杂剧混合而成的,这说比较公平。

能乐的产生和宗教有关系,正如古代希腊剧与中世纪的神秘剧一样。日本古代原有一种"神乐",在祭神时歌颂。在"神乐"里面加入"对话",便是最早的"能乐"的形式。表演的目的,只在安慰神灵,住在伊势、近江、丹波、奈良等地的"能"的表演者,都是服役于神的。当室町时代的初叶,奈良地方有一个演"能"的伶人,名叫结崎次郎清次,演"能"甚精,将军义满见了,很爱他的技艺,给予"观阿弥"的名号。历代将军,对于"能乐",特别加以保护,贵族士人也重视它。观阿弥死后(死于公元1406年),他的长子元清承继他的技艺,称世阿弥,也受当时武人的宠爱,后殁于1455年。他死后,子孙都受武人的优待。由此看来,"能乐"是武士所最喜欢的一种乐剧,一般平民是不懂得"能乐"有什么趣味的。

表演"能乐"时,需用伶人三人或五六人,但以三人为最普通(三人各有特别的名称:一为"仕手",即"为手"之意,是剧中的主人;二为"连",又名仕手连,为"仕手"的副角;三为"胁",即助主角者,为主角之宾),演时伶人出台,或述台词,或咏歌,或起舞。台上另有乐人与谣人:乐人司大鼓、小鼓、笛的演奏;谣人的职务有几种,一为在伶人表演之前歌唱一剧的梗概,二为说明未现于舞台背景的景色,三为与登场人物对话。

"谣曲"就是伶人的歌词,据《谣曲通解》(大和田建树作)所载,为数有二百三十五种,其中由世阿弥作成者,至少在九十三种以上,有十四种为观阿弥所作,二十二种为世阿弥的养子所作,其余则为后来的"主演者"之作。不演"能乐"时,也可以单独歌"谣",名叫"素谣",唱者端坐,手里拿着一把扇子,对听众歌唱。

"谣曲"里的思想,以佛教思想占主位。它的产生,本出于祭神,故也含有神道思想、日本的传统精神、忠勇的传奇等。借此振作信神的志愿、鼓舞忠勇的精神,并戒人杀生,说人世的无常,充满着日本的小乘佛教的思想。

"谣曲"的内容,常是"千篇一律"的。例如开场时一僧出现舞台,表白道:"我乃某某是也",并自白他周游各地,过古战场,参诣寺社佛阁,把他的怀古的幽情,表白一番。于是遂有亡魂出现,追述往事。僧人安慰他,化解他的迷惑,使他"往生",亡魂遂消。

"谣曲"的材料,以取自源平时代的故事为多,也有四五篇采自《源氏物语》,此外则采自日本古代的传说与中国的传说史事。表现的形式为诗的散文,与我国的元曲相似。

"谣曲"中有名的,为《羽衣》《道成寺》《高砂》《女郎花》《藤户》诸篇。

"狂言"是一种民众本位的喜剧,为一般人所能了解,起原于平安时代的"猿乐"(猿乐以滑稽为主)。它的表演,在"能乐"中歇时,使看客改换胃口,不致疲劳,所以动作以滑稽轻笑为主。最初本是附属于"能乐"而存在的,近代的"狂言",则已脱离"能乐",成为独立的戏剧了。

现存的狂言,约有二百番。取材与滑稽味,常是一律的,很少变化。但它富于民众的趣味,与仅满足贵族趣味的"谣曲"不同。"狂言"的登场人物,都是表演懒惰者、悍妻、无识的武士、堕落的僧侣、游方和尚等;它的表现方法也是民众的,是用无论谁人都能够懂得的白话写成,借以描写矛盾、错误、不合理的可笑与言语的游戏,颇有催促看客的纯真的哄堂一笑的力量。下面译有《镰腹》与《鬼的养儿》两篇,借以作例。

自 杀

原名镰腹(Kamabara)[注]

人物:妻 夫 旁人

妻:"哼,畜生!"

夫:"唉,可怜呀,饶我这一次罢。"

妻:"你逃到那里去?打断你的腰骨罢。老娘气极了,气极了。"

旁人:"这是怎的?饶舍了他罢。"

夫:"有人么,请来断公道呀,断公道呀!"

旁人:"喂,喂,请你住手罢,为什么事吵闹呢?住手罢,住了手罢。"

妻:"请你不用管闲,像这种男人,他的根性是生成了的,要打断了腰骨才好。"

旁人:"呃,不用性急,请你先说缘由罢。"

妻:"既然如此,我说给你听。说起我们的事业,是每天到山里去,采薪过日子。我叫他到山里采薪,他却尽是游荡,照着这样下去,怎么能够营生呢?像他这种男人,只好用棒打断他的腰骨——就是这么一回事。"

旁人:"不错,你说的确令人生气,让我来问问太郎看,你且住手。"

妻:"不必,不必,用不着问什么的,请你不用管。"

旁人:"呃,我也要照样问个明白,我可以叫他到山里去做工。总之,请你住手。"

妻:"请你不必管闲!"

旁人:"喂,太郎!"

夫:"我没有脸见人了。"

旁人:"说没有脸见人么,想到你平时是一个忠厚老实人,你老婆所说的话,想来是不会错的。她叫你去山里采薪,你却游荡,所以她生气。以后定要一心去山上做工,务必担了柴回来。"

夫:"你听我说,到山上做工,砍柴过日子,这是我晓得的。这一向,每天都到山上去,因为特别感着疲倦,肩膀也得稍微休息一下,所以住在家里,竟打我到这个样子,真是,没有面目见人了。"

旁人:"你说的话也是有理的,可是老婆说的话总是要听的。现在就到山上去,专心做事去罢。"

夫:"被老婆使唤着到山上去,虽是可恼,你既然这么说,我就到山上去好了。"

旁人:"你很快地听了我的话,我们都很满意了。"

夫:"那末,请你代我说,把那镰刀和棒递过来。"

旁人:"我就照你的话说罢。喂,刚才的话你都听着了么?"

妻:"听着的。他说到山上去是扯谎,请你不必多管。"

旁人:"不会的,不是扯谎。他说现在就到山上去,请你把镰刀和棒交给他罢。"

妻:"他虽说现在就到山上去,其实是不会去的,请你不要多管的好。"

旁人:"不会的,只要到山上去,便不会如你所说的,请你把棒和镰刀交给他罢。"

妻:"既然如此,就依你的话,饶舍他罢。我把棒和镰刀给他,并请你对他说,要把棒压断似的担了柴回来。"

旁人:"我照你的话说去,请你进去歇息罢。"

妻:"那末,我去歇息了,有劳你。"

二人:"再见,再见。"

旁人:"喂,你老婆说的,要把棒压断似的担了柴回来。"

夫:"怎么？要我把棒压断似的担了柴回来么？"

旁人:"正是。"

夫:"唉,知道了。你来的正好,感激之至。到晚上我一定来答谢的。"

旁人:"用不着,用不着谢的,只要你拿出气力,一心一意地做事就行了。"

夫:"感激之至。"

旁人:"再见,再见。"

夫:"唉,唉,可恼呀可恼。今天本想不到山上去,好好地歇息一会,又被咆哮的老婆使唤着前去,好不可恨。呃,到山上去想法子罢。本来是有理的,却弄得没有理,可恨可恨。说着说着,已经来到山下了。让我先在山脚想想法子罢。人家说起被老婆申斥着到山上去,已经没有脸了。这样一想,活着也好,死了也不要紧。还是决心投身到潭里或河里死了。不好不好,死了以后,岂不被人家当作新闻,说这人是受了老婆的申斥,所以投水死的么？怎么办呢,呀,有了法子了。我用这镰刀剖了肚子罢……唉,唉,因为老婆过于吵闹,所以太郎在山里用镰刀剖腹死了呀。……那末,就剖了腹罢。可是,用镰刀剖腹,是要把衣服脱光,拿着镰刀,这样的朝左边刺进去,再朝右边切过来,再把那刀在里面搅来搅去的,这样的剖罢。而且再回过镰刀,把脑袋咕噜地割了下来,大约就会死了罢。不错,不错,就剖了腹罢。

呀,痛呀,痛呀,才只把刀尖触着一下,也觉得冷冰冰的,心里扑扑地跳,这是办不了的,怎么才好呢?呀,有了法子了。把镰刀去挂在对面的那棵树子上,我走去吊在刀上死了罢。嘿,真是好法子,这样好像死得爽快些。喂,喂,婆娘呀,因为你过于责骂了,所以太郎用镰刀自杀了呀。呃,以后总会想着我罢。好,走去吊死在镰刀上。唉,唉,只要一看镰刀发亮的地方,就怕得了不得,死也死不了。怎么办呢?想起了。眼睛这东西,是怯懦的,一见镰刀发亮,害怕得很,死不了的。这回我把眼睛遮上,悠然地去死罢。唉,唉,可怕得很,死不了,死不了呀,有了法子了。我把镰刀放在地上,飞跑地走去死在刀上,不致于不会死罢。就把镰刀放在地上,呀,婆娘呀,你好好的叽里咕噜罢。因为没有面目见人,太郎在山里剖腹死了呀!她还要想念我的。跑去死在刀上,不见得是什么愚蠢的。……呀,不对,可恼可恼,用这法子也死不了的,怎么办呢?呀,有了,还是决心用镰刀剖了肚子罢。喂,喂!我要剖腹自杀了!剖腹呀,剖腹呀!"

妻:"噫,说的什么?当家的用镰刀自杀!唉,可怜可怜,在什么地方呢?好残忍呀。喂,喂!当家的,这是怎么的?为的是什么事?什么事?"

夫:"太郎要剖肚自杀了,附近的人们,大家来参观这清白的模样,自杀呀!"

妻:"可怜可怜,我说,当家的,请你止住念头罢,止住念头罢。"

夫:"被老婆责骂了,一刻也活不住了,所以非用镰刀剖肚死了不行。快些走开,快些走开!"

妻:"可怜呀,你不是疯了么?"

夫:"一点也没有疯,我是清醒的。被老婆斥骂了,在人面口也不敢开,所以自杀呀,自杀呀。"

妻:"唉,可怜呀,以后未必再咕噜了,你是有理的,快止住念头罢。"

夫:"不行不行,现在虽是这样说,可是咆哮是她几年来的老毛病,怎样能够一下子消除呢,我剖腹死了罢。快些走开,快些走开!"

妻:"好薄情呀,我若让你剖腹死了,我活着做什么呢,请你止住念头罢。"

夫:"你虽是这样说,以后你还是要吵闹的,自杀呀,自杀呀!"

妻:"喂,既然你不相信,我就对天发誓,以后我不汹汹地吵闹了,请你止住念头罢。"

夫:"怎么说?你说对天发誓,不再吵闹么?"

妻:"正是。"

夫:"你既然这么说,未必会有假,我就止住念头罢。"

妻:"要这样才是我的丈夫,好欢喜,好欢喜!"

夫:"可是,我要剖腹,先前已经大声叫过了,难保没有人知道,如今止住了念头,万一后来有人说我是被老婆止住的,还有什么面见人呢,这怎么办?"

妻:"真是,你怎的说出这样的笨话,这事只有我一个人听见,没有别人晓得,你放心好了。"

夫:"不错,照你说来,这山里的事,未必有人晓得,那末,我就止住念头罢。"

妻:"那是——只有欢喜的。"

夫:"而且,夫唱妇随,延年益寿,百年繁昌的,哈哈地笑着回去罢。"

妻:"好!"

夫:"去了罢。"

妻:"是。"

夫:"笑罢!"

妻:"请笑罢。"

二人:"呀,哈,哈,哈,哈。"

夫:"你和我偕老五百八十年。"

妻:"三千年!"

夫:"那更加可贺,走这边来。"

妻:"呃,呃,好欢喜呀,好欢喜呀。"

夫:"走这边来。"

妻:"知道了。"

[注]镰腹是用镰刀刳腹自杀之意。

鬼的义儿(Oni no mamako)

人物：妇人　鬼

妇人："我乃住在此地的人氏是也。长久没有回转娘家，现在想去问候，就此慢慢地前去罢。许久不去，路也分辨不清了。而且路程遥远，一路上耽着心事。我想打从这条路去，不见得会有强盗的。呀，说着话时，已经走到这很宽阔的野外来了，却不知是什么地方。唔，有了，是播磨的印南野。可是，是怎样一个可怕的、令人提心吊胆的旷野呦，并且又这般冷静，真是令人胆寒。"

鬼："呜，呜，呜；哙，生人臭呀，吃了罢，吃了罢，呀，呀！"

妇人："救命呀，救命呀！请饶我的命罢，救命呀！"

鬼："哙，这家伙，你是什么东西，为何离了人世到这里来？"

妇人："我是住在这里的人氏，现在回转乡里去。"

鬼："不管你到哪里去，你来得正好，这一向好久没有吃新鲜货了，从头上一口吃了罢，吃了罢，哙，哙，哙！"

妇人："求你饶我这条命。"

鬼："哙，你手里抱着的是什么？"

妇人："是我的孩子。"

鬼："吓，真是可爱的孩子。那末，你有男人么？"

妇人："没有男人，孩子从哪里来呢。"

鬼:"这是我弄错了。"

妇人:"那末,你有爷娘么?"

鬼:"没有爷娘,我从哪里来呢。"

妇人:"你的娘爷想必是可怕的呀。"

鬼:"不是的。心肠是大慈大悲的。哈,我要带了你去,做我的妻子。"

妇人:"不行不行,我不愿跟你做夫妇。"

鬼:"你说不愿意么,就吃了罢,吃了罢,哈,哈,哈。"

妇人:"救命呀,救命呀。那末,就成为夫妇罢。"

鬼:"怎的?成了罢。"

妇人:"你不必这样,为了这孩子的原故,就成了罢。你等等,我去化妆了来。"

鬼:"你的面庞是很漂亮的,用不着化妆。"

妇人:"不行不行,因为要拜堂,总得化妆一下子。"

鬼:"那末,你去了来。"

妇人:"我去了,你好好地看守孩子,不要让他哭。"

鬼:"唔,我来看守他,你给我。"(接过孩子)"呀,呀,好看的孩子呀,你同你妈妈一样好看。革肢,革肢,革肢,喂!"

妇人:"你不要那样骇他呀。"

鬼:"呀,不要哭,不要哭。呀,革肢,革肢,革肢!哈,哈,做细眼,做细眼,不高兴了。呀,革肢,革肢,革肢,哈,哈,笑起来了。呀我有话对你讲,从现在起,你是我的孩子了。要像我一样,强悍地养大起来,到了成人,好治服别人,这就是我想和你说的话。哈,化妆好了么?"

妇人:"呃,已经好了。"

鬼:"唔,在这可庆贺的时候,我想欢呼着到蓬莱岛去,你以为怎样?"

妇人:"那是很好的,可是呼噪些什么好呢?"

鬼:"没有别的,照我的样子欢呼就行了。"

妇人:"怎样的?"

鬼:"'鬼把干儿子背在背上,回蓬莱岛去。'就是这样的欢呼。"

妇人:"懂得了,快些欢呼罢。"

二人:"鬼的干儿子,

　　　背在背上,

　　　到蓬莱岛去罢,

　　　回蓬莱岛去罢。"

鬼:"我疲倦了,你来背罢。"

妇人:"让我来抱他(接过孩子),喂,喂,快些欢呼呀。"

鬼:"知道了。"

二人:"鬼的干儿子,

　　　妈妈抱着他,

　　　爸爸爱他,

　　　回蓬莱岛去,

　　　回蓬莱岛去。"

妇人:"呀,呀,鬼老爷! 你去你的,我要到我的乡里去了。可怕呀,可怕呀!"

(逃走)

鬼:"怎么的,怎么的,这刁钻货向哪里走,有人么,抓住她,吃了她,吃了她!"

五、历史文学

这时代的历史文学有《增镜》《神皇正统记》《义经记》《曾我物语》等。后二者为稗史的性质。就中以《神皇正统记》为最重要。

《增镜》的作者不能确知,后人疑为妙华寺一条冬良、后普光院良基、成恩寺经嗣等。书记后鸟羽天皇至后醍醐天皇约一百十年间的史事。它的体裁是模仿《大镜》与《荣华物语》的,文章亦兼有《大镜》《荣华》二作之长。

《神皇正统记》共六卷,作者为北昌亲房。亲房是一个政治家而兼武人,曾仕于南朝,此作是他毕生的大著,编纂的主旨,正如题名所示,是一部记载神皇正统的历史,就是使人知道当时南朝天子的正统。在书中作者对于帝权的沿革、天子的系统、帝位的承继等多所议论,引用古来的事实,证明这些,主张南朝之即帝位是最正当的。原书第一卷专讲神话,材料取自《日本书纪》,第二卷到第五卷记神武天皇以后的历史,至伏见天皇即位时为止(1288年)。第六卷所记,则为亲房当代的历史,作者对于这一卷的记叙,比较详尽。亲房除了这部著作外,还著有《元元集》八卷,《东家秘传》一卷,《二十一社记》一卷(以上是论神道的书);《职原抄》二卷(述历代官职的沿革等,为日本法制史的嚆矢);《古今集注》(即《古今集》注释);《造殿仪式》(论宫殿制造制度)等作。

《义经记》八卷,记源义经一代的故事,作者与年代不详。内容富于戏剧的材料,供给"谣曲""舞之词""净瑠璃"等的作者以不少的资料,对于通俗文艺的影响甚大,在实际上义经就是英雄传说的箭垛,许多勇武的故事都附会在他一人身上。

《曾我物语》是记复仇的稗史,曾我氏兄弟的复仇与赤穗义士的复仇,称为日本的两大复仇事件。赤穗义士尽忠,曾我兄弟尽孝,都传为佳话。《曾我物语》的通行本有十二卷,作者与年代也不可考。曾我兄弟的复仇就是"武士道"的楷模,因此在后代(尤其是江户时代)"曾我物"的通俗文艺兴盛一时,影响之大,和《义经记》相同。

下卷

第五章　近代文学

总　论

近代文学的范围,起自德川家康任征夷大将军的1602年,终于王政复古的1967年。

这个时代,是日本文化的黎明期。以前是干戈扰攘、世变相寻的时代,一切文化入了停滞时期。到了此时,才重见光明。艺术之花,常开于和平之园,所以这时期的文学,也极发达,为前几代所无。

德川家康原为丰臣秀吉的属将,颇有谋略,秀吉死后,遂握大权。自关原一战,家康打败石田三成,于是成为最有势力的藩镇,称征夷大将军。他设幕府于江户(即现在的东京),使日本的文化得了发展的根据地。如果家康不胜,则江户不能成为新都市,这二百数十年的文化,将成为什么的状况,是难于揣测的。

家康虽是一个武人,他却知道建立军国主义的政治,一面又不忘记文化的施设。当时的儒臣,如藤原惺窝、林罗山、细川幽斋等,曾为家康招聘，对于文学或法令，都有贡献。曾令人进讲《贞观政要》《古今集》《源氏物语》等书。又下令搜集各种遗书，当时的诸侯受了他的感化，也渐知道注重文事，历来战乱的空气，因此得了缓和，他又利用印刷术，刊行《贞观政要》《周易》《群书治要》《吾妻镜》《大藏一览》等书，为文化普及的先导。

支配这个时代的思想，不是佛教，而是儒家的学说。中国的儒学风行日本，以此时为始。当时的日本儒学者，有朱子学派、阳明学派、古学派、折衷学派、自由学派等。但是，他们不是把中国的儒学囫囵吞下的，是把朱子哲学、阳明哲学使之日本化的。即是把中国的伦理、道德拿去和日本的神道、国体混合，而制成一种见解。这在乱世之后，用来收拾人心是最有用的，所以家康竭力地提倡，而人民也就学样。结果是使得一般武人、平民也知道读书，不让贵族阶级独享，就这一点说，家康之提倡儒学，对于后来平民文学的勃兴，却间接地帮了忙。

这时的思想虽以儒学为主，但是佛教思想并未消灭。民间对于佛教的信仰，仍不弱于前代。只消看这时代幕府禁止耶稣教，毁圮教堂，便可知这佛教的存在是不容怀疑的。在这个时期的平民文学里面，有一部分小说，仍是写因果报应与宿命观的，便知道是受了佛家思想的影响。

武士道在镰仓时代盛行到了极顶，到这个时代的初期，因为封建制度的存在，依然保持着原有的势力。这时的国民道德，仍以武士的道德为基础。武士以忠孝、守节、任侠、轻死诸德为主，当时的中下阶级的人,对于记叙这些武士道德的故事,特别有一种兴趣。所以武士道的思想在这个时代的文学里,仍有着残余的势力。

这个时代的文学,有一个重要的现象,就是用贵族生活做中心的文学渐渐失势,用民众生活为基础的文学代替了它的地位。元禄年间(1688年至1703年),平民文学起于京都、大阪;到了文化、文政时(1804年至1829年),继兴于江户。日本的文学,遂由贵族、僧侣、武人等阶级,交还于民众。

平民文学的兴隆,却有三大原因。

1. 时代和平。当社会动摇的时代,生活受着威胁,文学的花便因此萎顿。到了战争终绝,和平降临,人民的生活安定,文学的花遂渐开放。日本自德川家光(第三代将军)时起至文化、文政年间,都保持着和平的状态,除了地震与失火外,史家别无可记的事。一般民众,在这样的和平空气里,享乐他们的生活。多年的和平,使得这时代的文学兴旺。

2. 经济上的变革。经济的变革,足以促文学的进展。时代和平,武力归于无用。以前以武力为中心,现在则以经济为中心。因为时代和平,人民乐业,商业的生产盛旺,人民的生活也有余裕。一般人民,对于文学的要求,较从前迫切。

3. 平民阶级的抬头。时代既以经济为中心,平民阶级遂渐次抬头。此平民阶级,以商人占主要部分。从前的商人,被武士视若犬马,现在因为经济的权力,操在商人的手里,武人阶级也不免受他们的支配。富商有的是金钱,可以任意浪费奢侈,他们的享乐的程度,不亚于诸侯。在实生活上,他们与那时的贵族王侯并没有差异。他们也需要文学的教养,也要求描写他们(一般民众)的生活或感情的小说与戏曲。在作者方面,便有人作出投合他们的嗜好的作品,于是平民文学(如浮世草纸、净瑠璃、俳句等)、平民美术(如浮世绘)都应运产出了。

有上述的三个原因,平民文学遂渐次兴盛,文学与美术已不是贵族阶级、武士阶级的专有物,向来被视为下等阶级(町人),受尽压榨的平民,也能够自由享受了。

一、井原西鹤与浮世草纸

井原西鹤(1642—1693)为大阪人氏,曾学"俳谐"于西山宗因(宗因为檀林派的鼻祖)。自幼养育于繁华的都会,长后对于那时的人情风俗与各地的花街柳巷,有极深的观察。四十一岁以后,便执笔作小说,写当时的平民生活与社会相,用客观的方法,描写人间的本能、欲望及唯物的倾向。后人称他为江户时代的莫泊三(Manpassant)。他善于描写恋爱、色欲、金钱。写恋爱的作品有《五人女》;写色欲的作品有《一代男》《二代男》《三代男》《一代女》等;写金钱的作品有《日本永代藏》《世间胸算用》《本朝若风俗》《本朝町人鉴》。此外还有用武士做题材的作品,如《武道传来记》,但却非他所长。

《五人女》一作,集五短篇而成。描写阿夏(女)与清十郎、阿先(女)与樽店主、阿样(女)与茂右卫门、阿七(女)与吉三、阿曼(女)与源五兵卫的恋爱,全书充满诗趣。

《一代男》共八卷，写万子世之助的享乐生活，分五十四场描写。世之助是一个遗传性的好色的男子，七岁时已经懂得恋爱，十一岁时即与妓女相接，十八岁时即恣意放纵。他三十五岁时继承遗产，成为巨万的富翁，嫖尽各处的名妓。他的狎邪生活，直到六十岁为止。

《一代女》写一个被男性淫虐的女子的一生。原书的性欲描写，与《一代男》相同。书中的女主人是某华族的后裔，幼曾侍奉宫廷，习见华美的生活，十一岁时与男侍通情，男侍处死，女则被驱逐。她的堕落生活，便从此开始。其后曾为舞姬，为官吏的爱妾；十六岁时沦为妓女，更流落于社会的底层为卖淫妇，这样的生活，直到六十五岁。此时忽翻然憬悟，遁入佛门。西鹤的用意，在描写那时代的人肉市场的内状，是一篇为性欲与恋爱而沉沦的女子的忏悔录，文字也富感伤的色调。

西鹤不仅长于描写男女的性欲生活，他又振笔写京都、大阪市民的经济生活。以经济为题材写成小说的作家，在世界的文坛里是不常见的（左拉与柴霍夫曾经写过），能写得好的更少，在日本除了西鹤而外，是没有别人的。

当时的日本，正是从村落经济时代，进至都市经济，渐至国民经济的时代。其中心地就是京都与大阪。这两地的市民，他们的经济才干，在江户市民之上。发财与善用金钱，是这两处市民的特长。因此他们在经济上，行着不断的争斗，不免有外人所不知的苦痛、烦闷、挣扎等。生在这样的空气里的作家，当然要受时代精神的感染的，所以西鹤便执着笔描写那时的经济生活。

西鹤描写这种生活的作品,以《世间胸算用》为最著名。此作描写商人在大除夕日的苦痛,把当时的夜市的情景、当铺里的无产者的姿态等活画出来,写经济生活,极为痛切。

总观西鹤的作品,见他具有五种特色。一是平民的,二是物质的,三是微讽的,四是描写的细致,五是写本能的满足(即酒、色、财)。

西鹤的作品,在当时称为浮世草纸,浮世即人生的意味,"草纸"即"故事的册子"。浮世草纸即"写实的故事"之意。后来有八左卫门自笑与江岛屋其碛见"浮世草纸"的风行,也想模仿西鹤,在京都的书店里刊印《百姓盛衰记》《世间子息气质》等作,称"八文字屋本"。

二、江户趣味的小说家

江户民众文学的勃兴,较迟于京都、大阪。江户民众的生活的进步,是从德川吉宗时始。吉宗秉政后,颇注重民众生活的改善,他改良司法,许人民指摘政治。从前的商人阶级,受尽武士诸侯的压迫,例如武士诸侯借了商人的钱,若无力偿还或不欲偿还,商人不敢如何。到了吉宗时,他比较能尊重民权,这种不平的现象渐渐减少。

那时的商人(即町人阶级)在经济上占了胜利者的地位,他们的生活颇为富裕。于是就走入享乐的方面,满足官能的欲望。京阪文化在此时逐渐输入江户,一般的市民,都需要一种享乐的平民文学。

应江户市民的需要而产生的类似小说的读物,以"草双纸"为最早。草双纸原名"金平本",流行于德川纲吉时代。内容本为一种游戏文字,写坂田金平与渡边武纲二人的武勇(如杀猛兽与恶鬼等),时人对于坂田金平的行为,有了兴味,很欢喜读它。此类故事的作者有冈清兵卫、四宫弥四郎等。冈清兵卫的《金平天狗问答》《金平千人切》《金平化妆问答》等作,颇受读者的欢迎。金平本的装订极为粗劣,翻读时有臭气触鼻,故有"臭草纸"的别名,后来始改为"草双纸"。

"草双纸"有一册本、二册本、三册本之别。一册的纸数为五叶,定价六文。自贞享末年(约1687年)起,书首钉有丹色的封面,称为"赤本"。此类的作者都不出名。因为注重书中的插画,只有插画的作者为人所知。"赤本"之外有"黑本",因封面为黑色,故名,一册售价五文。此外又有一种名"黄表纸",封面为黄色,内容为历史故事与传说。以上几种,缺乏文学的价值,但有天真朴质、飘逸淡泊的风味。

与"黄表纸"同时流行民间的为"洒落本",或名"蒟蒻本""小本""粹书"。内容写妓院中的嫖客与妓女的痴娇。书的叶数约三十至四十,卷首附有粗略的插图,封面为土器色。此类的作者,以山东京传为杰出,在江户地方能写出值得一读的小说的人,当数他为第一个。

山东京传(1761—1816)本名灰田田藏(字伯庆),生于江户。他是一个多才多艺的人,于长呗、三弦、狂歌、浮世绘等,无不精熟。在少年时代,即与友人常到吉原(此为江户的妓寮,现今犹存),一个月只有五六天在家,度着游荡的生活。他执笔作"洒落本"时,约在天明四五年间(约1784年)。天明八年(1788)作《通言总篱》,写吉原妓院的情调与空气,等于一部详细的"吉原指南",也是一部妓院的写生。后来官府认他的著作是紊乱风俗的,于宽政二年(1790)下令禁止,但他仍在暗中出版,遂被判罚枷手五十天,自此新旧的"洒落本"都绝版了。从此以后,京传不再作淫靡的文字,改变作风,写劝善惩恶的东西,有《忠臣水浒传》《复仇奇谈》《优昙华物语》《浮牡丹》等作,为曲亭马琴的先驱。

继山东京传而起,风靡一世的作者,有曲亭马琴(1767—1848,或称泷泽马琴)。马琴为江户人,生于深川高松通净念寺旁,父兴藏,为松平信正的家臣。八岁时充公子的随侍,至十三岁时,因不堪虐待,遂出走。后来或学医,或修儒学,都无所成就。曾在神奈川为卜课者,遇洪水,家财尽失。返江户后,识山东京传,京传很优待他。他的处女作,是二十四岁时写成的一部《二分狂言》(1791),为两册"黄表纸",颇得京传的赏识。其后京传介绍他去做书肆的伙计,在书肆中三年。此时所作的小说,得歌麿北齐为他作插图,很受阅者的欢迎。二十七岁时入赘于一家开木屐店的寡妇,生活较为安定,遂努力于著作兼作教师,渐有资产。到七十岁时,双目失明,所有著作,由他口述,叫女儿笔记,但是女儿不文,所记多舛讹。死时是八十二岁。

马琴著作时,下笔甚速,二百叶的小说,只需两周间就可脱稿,他卖稿所得的报酬数量,在江户以前的文学史上是唯一的。一生的著作,共有二百二十八种。主要者有下列各种:

1.《弓张月》　　　三〇册　　　1805年作
2.《南柯梦》　　　六册　　　　前篇1807年作
　　　　　　　　　　　　　　　（续篇1811年作）
3.《俊宽岛物语》　一〇册　　　1808年作

4.《胡蝶物语》　　　　五册　　　　　1809年作

5.《皿皿乡谈》　　　　六册　　　　　1813年作

6.《八犬传》　　　　　一零六册　　　1814—1841年作

7.《朝夷巡岛记》　　　三一册　　　　1814—1821年作

8.《美少年录》　　　　二五册　　　　1828年作

马琴的著作,名为"读本"(这种小说,以文章为主,不重插图,故名读本)。取材于社会各方面,以劝善惩恶的思想为根底,借流畅的词句,供时人的娱乐,兼收教训之益。马琴在《皿皿乡谈》的自序里说:

> 无本之学,虚构之说,稗官以传于稗官。幻缘化境,追风捕影,其书虽奇而妙,君子不取也。谓之无益于世教,可以废焉。设夫深窗茶酒之余,置之座右,披卷以读,乃长夜之睡魔,千秋之愁阵,可袪可排。况博达明知之士,游谈以解悬,类情为喻,劝惩莫捷于此。昔西方圣人,缘业以谕愚俗,东方曼倩,诙谐语能讽人主。夫方便之与滑稽,旨趣异而智一揆,其言一出于世,朝野靡然从之。于是乎稗官之书可施可行,是予以有此撰也。

[注]上照录原文,这是日本式的汉文,阅者察其大意可也。

由此可以知道马琴的小说的主旨,在"有益于世教""睡魔""愁阵""可袪可排""劝惩莫捷于此"。总括一句,马琴的小说,是武士道精神与儒家精神的混合,在书中配以反武士道与反儒家的精神,而以因果律来统制,创造出一种理想的人生。用文字把这种理想的人生具体地表现出来,作为现实的教训。由他所用的题材上,可以将他的小说分为四种:1.复仇的故事;2.市井的事实;3.传说;4.史传。

1. 复仇是武士阶级的美德,所谓"君父之仇不共戴天",是他们的坚固的信条。"复仇"的举动,对于君主是表示忠义,对于父母是表示孝道。马琴是一个武士道的崇拜者。在他的复仇故事里,以描写报父仇的占多数,这不用说是称颂赞美孝道的精神的。这类的作品,可以用《稚枝鸠》等作做代表,在他的前期作品中占多数,但都未成熟。

2. 他写的市井的事实以男女的情话为主。男女自由接近,互相恋爱,从那时的武士道精神看去,是一种堕落的行为;从儒家的精神看去,是淫奔不义的勾当。马琴要想表现武士道精神与儒家的道德,这种男女的关系是最好的资料。于是他执笔写出因为男女关系而产出的忠义、孝行、贞烈、任侠、因果报应等等。这类的作品,可用《松梁情史》《丝樱春蝶奇缘》等作做代表。

3. 这类的作品以古来的传说为资料,写人间的因果报应,可用《皿皿乡谈》《新累解脱物语》做代表。

4. 这类作品是选择历史上的伟人,写他们的一生,即是一种演义体的历史小说,可用《弓张月》《俊宽物语》《八犬传》《美少年录》等作做代表。

马琴的代表的作品,当推《八犬传》为第一。原书写南总里见氏手下的八个勇士,勇士的名字是犬山、犬塚、犬坂、犬饲、犬川、犬江、犬村、犬田，这八个人代表八德，即孝(犬塚)、智(犬坂)、仁(犬江)、忠(犬山)、礼(犬村)、义(犬川)、信(犬饲)、悌(犬田)，内容富于波澜，仿我国的《水浒传》。马琴写此书共费时二十八年，出版后大受世人的欢迎，"木版师"(书肆)每天都跑去催询写成的稿件，可见读者之多。马琴又是一位有精力的人，每日从天明写至夜半，虽患目疾，也不休息，后来竟因此失明。

马琴的文字是得力于汉文的，如《八犬传》虽是散文，却有诗意。后人对于他的作品的批评很多，有人说他的作品的结构伟大，想象力丰富。但他不懂得描写，又喜用幽灵、神仙、恶魔、灵兽之类。总之，他的道德观念与他所用的题材，都是极不自然的。

"滑稽本"在此时也极流行，作者有式亭三马(1776—1822)与十返舍一九(1764—1831)二人。

式亭三马本名菊池泰辅，幼时为一书肆的店员，那时就耽读小说与戏曲。他的最早的著作是十八岁时写成的《天道浮世出星操》(黄表纸)。《浮世风吕》与《浮世床》二作，极受世人的欢迎。《浮世风吕》出版于1803年，后因木版遭火灾，于1811年改版。原书写浴室(即风吕)里的俗客的闲谈，所记多为日常生活的事实。《浮世床》与《浮世风吕》的性质相同，书中多滑稽的人物。三马的特色在能写出当时下级社会(尤其是商人)的气质，他的作品里没有一个贵族或武士，他是一个善写平民生活的作家。

十返舍一九本名重田贞一，别号与七，为骏河国一小官吏的儿子，性磊落不拘，自幼无所业，曾流寓大阪。初作戏曲，后于1795年，在江户作小说《心学时计草》三册。《膝栗毛》(1813—1822 年作。"膝栗毛"即徒步旅行之意,与英语的 Shank's mare 同意)一作最有名,原书写弥次郎兵卫与喜太八二人,徒步旅行东海道等地,途中或遇危难,或因错误,惹起各样笑话。现在"弥次"与"喜太",已成为滑稽角色的通名了。

当时还有一种"人情本"流行,为"洒落本"的变形,以写花街柳巷及下级社会的生活为主,后曾被官府禁止。为永春水(1789—1842)是"人情本"的代表作家,他原为江户的某书肆的主人,著有《梅历》《春色异园》《依吕波文库》等作。曾被官府处罚,枷手示众,因以致死。

三、松尾芭蕉与俳句

俳句又名发句,为一种十七字的短诗。俳句是从"俳谐"转变出来的,"俳谐"又是从"连歌"转变而来的。在松尾芭蕉之前作俳句的,有松永贞德(古风派)与西山宗因(檀林派)二人,芭蕉学俳句于北村季吟,属檀林派,后来他对于"檀林派"的作风不满,便自创风格,成为"正风派"。

芭蕉(1642—1694)一号桃青,为伊贺地方的人,幼为藤堂氏的家人。他的幼主良忠喜作"俳谐",因此芭蕉也受薰染。幼主早夭,他到了京都,入北村季吟的门下。不久又开始流浪生活,足迹遍全国名胜,后来到了江户,住于深川,称所居曰芭蕉庵。

芭蕉的俳句,以"闲寂"二字为主。在当时的豪华享乐的社会里,他已能悟彻闲寂的世界。这并不是从他的天生的性格而来的,是他的环境使他如此。他自幼主死后,便觉得异常的感动,他看现世为悲哀的、烦闷的。他是一个爱"闲寂"的自然诗人,他所亲近的不是都会,乃是田园。他虽然没有反抗贵族,但是他所亲近的是商人与农夫,他是走向一般民众的。他欢喜遨游,自然界是他的生命力的泉源,一木一草一虫对于他都有清新的生命。他有一首最驰名的俳句,是——

> 静寂的池塘,
> 青蛙蓦然跳进去,
> 水的声音呀!

[注]俳句每首是十七字,即五七五调,译成他国文是很困难的;现在勉强用五七五调去译它。

如这一首俳句,疏忽地看过是不知它的好处的。如果我们想象某地有一所古寺,寺里有葱茏的树木,那里有一口池塘,一个人站在池边,四周静寂,连风声也没有,这时忽然有一匹青蛙"工东"的跳进那池里,水面发出的响声是如何的使人心醉呢。芭蕉的这一首俳句完全把"闲寂"之味彻底地象征出来了。后来的人对于他的这首俳句,有若干的解释:有的说他道破了禅宗的奥底;有的说他暗示了宇宙的玄妙;有的说触着了老庄哲学的一端,其实不过是象征"闲寂之味"罢了。这种"闲寂之味"是"东洋人"(用作东方人之意)特有的趣味,非东方人不能理解的,英人阿士登(Aston)在他著的《日本文学史》(*A History of Japanese Literature*)里,把这首俳句译作——

> An ancient pond!
> With a sound from the water
> of frog as it plunges in.

把原文的特色减去了不少。

芭蕉的驰名的俳句,还有下面的几首。

> 莺鸟呀,
> 飞来屋前,
> 在饼上遗了矢。

读了这首俳句,使我们想起到乡间旅行,在茅店打尖,坐在檐下吃饼,一只鹟鸟飞来,在手中拿着的饼上(或是碟子里的饼)遗了矢,这事虽使我们为难,可是一种春日的长闲的情趣,由这首俳句使我们领略到了。又有一首是——

> 在枯枝上,
> 有乌鸦栖止,
> 秋日的黄昏呀!

这可以说是一幅秋日夕暮的"素描",也是一幅东方的水墨绘。在晚秋的薄暮,天空染着灰色,远远的枯枝上,有一只两只乌鸦栖止。乡间的路上,有人扶杖归来。这种情景,哪里是"都会人"所能享受的呢。

芭蕉在日本称为"俳圣",他的佳句是很多的,只引这几首当然不能说尽他的特长,不过借此略窥他的风格罢了。

俳句的影响之大不只限于日本,如法国与我国前几年流行的小诗,都是受俳句的影响。在日本继承芭蕉之后的,有他的弟子六十六人,其中有十人最著名,称为"蕉门十哲"。

四、近松与净瑠璃

前代的"能乐",是武士阶级的专有物,与民众无缘,到了此时,才有民众的戏曲产生。

"净瑠璃"是一种民众的谣曲(但含有富于诗趣的小说之原素)。原有古净瑠璃与今净瑠璃之别。"净瑠璃"的产生与《平家物语》有关,《平家物语》可用琵琶和声,由盲人(即琵琶法师)语说。净瑠璃,不用琵琶,而用三味线(三弦)。相传织田信长(信长是室町幕末的一个武人)的侍女小野阿通,奉命把源牛若丸与女子净瑠璃姬的恋爱故事制为十二段曲,是为净瑠璃的始原。

"净瑠璃"与三味线的关系是很深切的,三味线不是日本固有的,关于这种乐器之传入日本,有各种不同的说法,现在不能列举。总之,是由琉球传入的。据说先传到泉州(此地是外国船的停泊处)。

最早是盲人弹的东西,后来不是盲人也弹起来了。在庆长年间(1596—1614),有一个人名叫萨摩净云,是个弹三味线的名手,从泉州来到江户,他有弟子多人,都善弹三味线。于是三味线遂受时人的欢迎。

净瑠璃是唱词(由"琵琶法师"将流行的故事《净瑠璃物语》附以音节),和节的乐器就是三味线。说净瑠璃的人,有一种特别的名称,如某某"少掾",某某"大掾",某某太夫等。将三味线拿来和净瑠璃的第一人是盲人泽住(又称泽角,庆长时人)。他有一个弟子,叫做目贯屋长三郎,长三郎和一个演木偶剧的引田某商量,在演木偶剧时,用净瑠璃来和唱,于是净瑠璃与木偶剧连合(净瑠璃、三味线、木偶三者综合,称曰"操芝居")。这时的净瑠璃,除了旧词(即"琵琶法师"附以音节的《净瑠璃物语》)之外,别无作词的人。后来有虎屋源太夫(萨摩净云的弟子)、伊势岛宫内、山本上佐掾、井上播磨掾等人出,始作新曲。数人中以井上播磨掾最杰出,在大阪著了几种新曲。同时伊势岛宫内的弟子宇治加贺掾在京都另创一派,与井上一派不相上下。

井上播磨掾有弟子名竹本筑后掾(即著名的竹本义太夫),他调和井上、宇治两派的长处,别倡一派,大受世人的欢迎,即所谓"义太夫节"是也。现在日本的净瑠璃,别名"义太夫",就是这个原故。

竹本义太夫的净瑠璃受民众欢迎的原因,全靠有一个天才作家为他制曲。这人是"今净瑠璃"的倡始者,为日本的妇孺所知,就是近松门左卫门(1653—1724)。

近松本姓杉森,名信盛,别号巢林子,生地不明。幼时入近松寺(在肥前唐津地方)为僧,后至京都还俗,入一条家为官,叙禄从六位。后忽辞职,改姓名为近松门左卫门,做了"浪人"(武士之失业者,称为浪人),遂从事文学。1686年为竹本义太夫作《出世景清》:词品超特,世人以此作为古、今净瑠璃的分界。

近松一生的作品,有百余种。就作品的性质,可以别为四类,即1.时代物(历史剧);2.世话物(社会剧);3.心中物(写情死的戏剧);4.折衷物(兼有史剧与社会剧的性质者)。现列举每种的代表作品于下。

(一)时代物

《倾城佛之源》《蝉丸》《一心二河道》《国姓爷合战》《用明天王职人鉴》《雪女五人羽子板》《大职冠》《曾我会稽山》《出世景清》《松风村雨束带鉴》《兼好法师物见车》《棋盘太平记》。

(二)世话物

《长町女切腹》《女杀油地狱》《淀鲤出世泷德》《夕雾阿波鸣门》《山崎与次兵卫门寿门松》。

(三)心中物

《曾根崎心中》《心中重井筒》《心中二枚绘草纸》《阿梅久米之助高野万年草》《阿龟与兵卫卯月之红叶》《心中宵之庚申》《阿样茂兵卫大经师昔厝》《阿夏清十郎五十年忌歌念佛》《次郎兵卫阿象今宫心中》《心中及冰之朔日》《梅川忠兵卫冥途之飞脚》《喜平次阿祥生玉心中》《天之纲岛》。

(四) 折衷物

《博多小女郎浪枕》《萨摩歌》《倾城返魂香》《朵常盘》《源氏冷泉节》《堀川波之鼓》《枪之权三重帷子》《倾城酒吞童子》《三世相》《丹波与作》《警世王生大念佛》。

[注] 剧名不能移译，故悉用原名。

现在再看近松的艺术的特色。

近松对于人生的态度和井原西鹤的不同，西鹤只看出人生的丑恶面，目的在求人生的真实；近松则同情于人生的丑恶，而将这丑恶美化，目的在求人生的美。他以为人间的罪恶或过失并非出于恶意，乃是意志薄弱所致，他的艺术，就在将人间的弱点、缺陷、过失等净化。他是一个伟大的同情诗人，是一个怀抱爱的哲学与爱的宗教的戏剧家。西鹤是冷酷的，近松则充溢着热烈的同情。

近松的四大类作品之中，以情死剧（心中物）最有特色。情死剧以描写"恋爱"与"理义"的纠葛占多数。当时的男女，立在歧路上，不知道走"恋爱"的路或是"理义"的路，后终舍弃"理义"而赴"恋爱"的路，他们漠视道德与习惯，遇着挫折，遂以身殉恋爱。近松对于男女的悲哀，认为是人生的悲痛的、美的现象。所以在他的"情死剧"的作品里表现的，乃是情死的咏叹与赞美。为纯爱而死，就是赴爱的天国，他又是一个赞美为恋爱而死的诗人。

近松的情死剧的代表作是《曾根崎心中》《天之纲岛》《梅川忠兵卫冥途之飞脚》等。《曾根崎心中》是最早的一篇，他在五十一岁时作成的;《梅川忠兵卫冥途之飞脚》为五十九岁时作;《天之纲岛》为六十八岁时作。社会剧的代表作为《女杀油地狱》,写大阪的家庭生活最巧妙。他作此剧时,已经有六十九岁了。历史剧的代表作为《国姓爷合战》,是一篇虚构的史剧,写明主为李蹈天所弑,郑芝龙自日本返国,与吴三桂谋复国事(近代剧作家小山内薰氏曾取材于此剧,作《国姓爷合战》,使之穿上新衣,可以参看)。

近人五十岚力博士对于近松曾致最高级的赞辞,说日本的文学家虽多,但是值得称为最大、最高、最美、最初的人,只有一个近松。他举出四点。1. 近松的文章,词姿(figure)最丰富。西洋的修辞学家说词姿约有三百种,其中最重要的为直喻、隐喻、讽喻、拟人、实写、渐层等五六十种。近松的词姿都能够具备,这是为别的作家所无的。2. 是他的净瑠璃的"史的价值"。古净瑠璃的思想文章是粗笨芜杂的,内容空虚,外形浮夸。到了近松出来,把它改善,将生命注射进去,使之充实,从此以后,净瑠璃才能与《源氏物语》《平家物语》《太平记》等作并列。3. 是近松最善于支配材料。他搜集来的材料,能使材料化为自己的东西,他能够 collect,能够 command,能够 govern,又能够 assimilate。4. 近松是一个首先道破"美感的性质"与"文学鉴赏之心理的状态"的人。他写"虚",不使人以为是"虚"的;他写"实",不使人执着于实感。离开现实的世界,而优游于梦幻的世界,是近松特具的本领,为紫式部、马琴等所不及。

近人坪内逍遥博士曾将近松比拟英国的莎翁(莎士比亚),他举出二人有十八点的类似。

1. 时代相类似;

2. 传记不明;

3. 到出名时的阅历相似;

4. 与上流社会的交际亲密;

5. 都是演剧未成熟时代的大人物;

6. 善取当时所有的演艺的长处;

7. 均有添削与合作;

8. 二人均处于演艺的原始时代,一面有益,一面有损;

9. 与各剧场有关系,写各种剧本;

10. 得着好的配搭;(近松有竹本义太夫,莎翁有名优尼查得·巴彭吉)

11. 都有竞争者;(近松有纪海音和他竞争,莎翁有约翰生)

12. 二人的著作在生前刊行,刊本有数种;

13. 博得当代无双、后世无双的最上的称赞;

14. 作家的特质相似;

15. 若检"诗的内容",则二人的主义与态度相似;(近松是抒情三分,叙事七分,莎翁则各得其半。至于以从俗的伦理观与人生观,使看客陶然,二人相似)

16. 作品中所表现的个人的性格相似;

17. 近时其反动已见;

18. 经后人的手修改,然后上演。

近松同时代的作家与近松以后的作家有纪海音、竹田出云、松田和吉、长谷川千四、三好松洛、西泽一风、并木宗辅诸人。

五、歌舞伎

"歌舞伎"为日本的民众的戏曲,它的成熟也在这个时代。

在17世纪初叶,出云地方的杵筑神社有巫女阿国,她倡始一种舞踊,名叫"念佛踊"(是一种"神乐",在举行祭式时舞之),很得时人的称赏。舞念佛踊时,身穿黑绢僧衣,以大红色的丝织物为带,自首际向胸部左右下悬,带端各悬铜钲。舞时击钲,口中念佛,足下起舞。后阿国认识一个人,叫做名古屋山三郎,遂成为夫妇。山三郎能唱"早歌"(即当时流行的俗歌),以歌曲教阿国,阿国遂在腰旁佩刀,包头,作男装跳舞,称曰"歌舞伎"。

后来逐渐改良,除阿国之外,有童子妇女多人加入,当作优伶。山三郎和他的从者都出现于舞台。此时又仿"狂言",在歌舞之间,演滑稽的动作。乐器除了铜钲外,添有专门乐师,有笛子与鼓。所唱的词,则为"今样"(俗歌之一种)。歌舞伎到了此时,遂变为男女合演。

这种跳舞很投合时人的嗜好,称赞的人加多,名声也就大起来了。那时日本各处地方,都有模仿他们的。阿国遂到江户(1607年)去了。

模仿的团体产生时,有一种名叫"女歌舞伎"的兴起。其中有京都岛原的妓女所演的一种"女歌舞伎"(1614年),是将"能"混合的,称曰"芝居能"(即是一种表演给大众观览的"能"乐)。歌舞伎发达到了此时,遂有了"狂言"与"能"的分子加入了。既而出了好几个著名的优伶,如太夫藏人、佐度岛正吉、村山左近、冈本织部、北野小太夫、出来岛长门守、杉山主殿、几岛丹后守等是。就中佐渡岛正吉来到江户,在吉原(江户的娼妓区域)的倾城町演歌舞伎;几岛丹后守在江户的中桥演歌舞伎。此时以三味线加入歌舞伎的乐器之内,这也是歌舞伎的一进步。

当歌舞伎盛行时,一般的看客,却"醉翁之意不在酒"了。虽是称为女歌舞伎,却是男女合演的剧,以男扮女、女扮男为有趣。渐不重歌舞,而重男女的姿色。所以歌舞伎盛行后,官吏即以为有害风化,由家光将军下令禁演(1629年)女歌舞伎。现在日本各地所演的歌舞伎,都以男子扮女,女优不及欧美的发达,其原因就在于此。

先是女歌舞伎流行时,京都地方别有完全由美少年表演的歌舞伎(1624年顷),称曰"若众歌舞伎"。因为全是男性,且投合时俗,故得时人的赞赏。这种歌舞伎所表演的都是妓女嫖客的故事(如《倾城买》《倾城事》等剧)。那时的商人都是有钱的,游荡狭斜的风习遍行于各地。在妓院内又没有阶级,大家平等,只要有"钱"就行,所以富有的平民都在妓院里呼吸自由的空气。因此歌舞伎非表演妓院的趣事,不能吸收多数的看客。这时的妓院与妓女,支配大多数的人心,在社会的"里面",占有大势力,正如镰仓时代的寺院与禅僧支配那时的世道人心一样(试看"能""谣曲"中的主要人物都是僧侣。)"能"与"谣曲"是为贵族而设的,歌舞伎则为平民所享受,所以不失为一种民众的戏剧。

因为女歌舞伎被禁示的原故,这种若众歌舞伎乘机发达,接着京都、大阪、江户各地的剧场日益增加，技术方面，也有了不少的改进，成为后来日本的戏剧的母体。

在1652年，那时的官府又以为这种"若众歌舞伎"是"蛮风养成"的媒介，下令禁止"若众"（意即少年）登台。后由营业者的请愿，始规定凡为优伶者须剃去前额的头发，改为"野郎歌舞伎"（江户时代的男子，将头顶前部的头发剃尽，留后脑部的长发向上梳一髻，"名曰野郎头"），时为1653年。自此以起，伶人才专心于技艺，不似从前以姿首炫人了。

野郎歌舞伎发达以后，京都、大阪、江户的剧场又增，艺术逐渐改良，成为正剧。优伶也随从自己的特长，实行分业。当时的优伶，有以下八种。

1. 立役（扮善良的人）；

2. 敌役（扮恶人）；

3. 道外方（扮滑剧者、愚人等）；

4. 亲仁方（扮主人、店主等）；

5. 花车方（扮老妇）；

6. 若众方（扮少年）；

7. 子役（以小儿扮演）；

8. 若女方（扮年青妇女）。

歌舞伎的剧本，名曰"脚本"，又名"歌舞伎台账"。作"脚本"的人，先有近松门左卫门，后来有樱田治助、河竹新七等人。

江户时代演"歌舞伎"出名的伶人，有阪田藤十郎（1645—1709）

（近人菊池宽曾取材于他的遗事，著有《阪田藤十郎的恋爱》的小说与剧）与市川团十郎（1660—1704）。

阪田藤十郎为京阪的名优，父阪田市右卫门在京都为某剧场的座主，故家颇富有。他就何人学习技艺，已不能考。他出名的原故，是因他在大阪的荒木与次兵卫座（剧场名），演《夕雾》一剧（时为1678年）中的藤屋伊左卫门，博得世人的喝采。他长于社会剧，善演豪华风流的人物。

市川团十郎于十四岁（1673年）时即献身舞台，于《四天王稚立》一剧扮阪田金时，用红黑二色画脸谱（日本优人画脸谱，名曰"隈取"），表演很有特色，遂为世人注目。后来艺术精进，善演怪力勇猛的武人或凄惨可怖的鬼神幽灵之类，为"荒事"的技艺之祖。（荒事读若"Aragoto"，指扮演武勇者的技艺）

第六章　现代文学(上)[1]

总　论

"现代"的范围,起自明治维新的1868年。这时代文学的兴盛,与明治维新的改革运动有因果关系。

日本自德川喜政将大政归还皇室后,明治天皇鉴于国内国外的情势,须励精图治,然后可以生存,他便下诏改革,诏书中有"……迩来列强对峙,各自争雄之时,独我国疏于世界之形势,固守旧习,不谋一新其国命。……故今与百官诸侯誓,欲继述祖之伟业,不问一身,艰难辛苦,经营四方,安抚亿兆;冀终开拓万里之波涛,宣布国威于四境,置国家于山岳之安"等语。后来朝野协力,使日本的政治法度逐渐改善,成为东亚的强国。

在维新时代,他们曾经做过什么事业呢? 我们且看明治起首十年间的大事记。

---

[1] 此标题为整理者加。

一八六八(明治元年)

伏见鸟羽之战。

明治帝即位,册封皇后。

改江户为东京,定都于此。

设太政官。

一八六九(明治二年)

废封建,设郡县。

废公卿、诸侯,改称"华族"。

改革官制,设置六省。

设北海道。

创设电信。

一八七〇(明治三年)

设桦太开拓使。

改革藩制,许可"庶人称氏"。

用人力车马。

与瑞典、挪威交换条约。

设"少辨务使"于英、法、德、美四国。

颁布新律纲领。

一八七一(明治四年)

在东京、西京(即以前的平安)、大阪间设置邮便。

废藩置县(三府七十二县)。

派大使至欧美。

增设司法、文部两省。

准"散发脱刀"。

废"秽多""非人"等贱民之称。

一八七二(明治五年)

增陆海军二省。

东京、横滨间的铁道成立。

颁布学制,创设国立银行。

开博览会。

点瓦斯灯。

废阴历,用阳历。

"征韩论"起。

一八七三(明治六年)

发布征兵令。

"征韩论"破裂。

增内务省,改正地租。

改正学制,办小学校。

严禁复仇,开设公园。

一八七四年(明治七年)

侵台湾。

设海军提督。

佐贺之乱(江藤新平起事)。

副岛种臣建议设"民选议院"。

一八七五(明治八年)

行邮政汇兑。

设元老院、大审院、上级裁判所。

千岛、桦太交换条约成立。

颁布出版法令。

制定新闻纸条例及谗谤律。

一八七六(明治九年)

严禁士民佩刀。

定官吏惩戒法令。

废提督府,设镇守府。

神风连之乱,熊本、荻之乱。

一八七七(明治十年)

下诏地租减额。

西南之役(西乡隆盛起事)

开内国劝业博览会。

设电话。

"学习院"开学。

加入万国邮政联合条约。

看以上十年间的主要事件,可以知道日人在这个时候竭力采取欧美文化,注重物质生活的改进。若从唯物史观的立足点看,明治维新是受列国资本主义的影响而促成的。此次的改革,是因为"外舰渡来",日本人士受了刺激,才力求自新之路。外舰渡日的目的,在要求和日本通商,就是要求以东海中的三岛,作为制造品的市场。在日本明治维新以前,欧、美的产业革命,已在进行中。机械的发明,影响及于产业,大量生产有了可能,欧美的国家,一面整理国内,一面不能不向海外发展,以求获得海外市场。日本此时正是封建制度的末期,因为"外舰渡来",给封建制度以致命的打击,国内动摇得很厉害,如果大家漠然坐视,就不免成为"殖民地化"的日本了。所以明治维新以后,日人就努力于物质文明的建设与英美功利思想的介绍,急起直追,以期日后与欧美对抗。到了现在,日本能在东亚自作主人,就是这一次的社会革命所结的果实。

输入日本的欧美思想,支配这个时代,其主要者有四。

1. 英美的功利思想。鼓吹英美功利思想的人,是福泽谕吉(1834—1901)。福泽是明治时代的预言者、改革家、平民的学者、平民的文人。他大着胆子高呼有封建制度余孽的旧文化、旧风俗、旧习惯的破坏，努力于英美文明的建设。他在江户的三田四国町设庆应义塾（设立时是明治以前的庆应年间，故名），鼓吹新教育，注重"兰学"及"英语"的学习。他又借演说、新闻、著作以鼓吹新文明。他著的《劝学》《西洋事情》《穷理图解》《世界国尽》《文明论之概略》《文字的教学》等作，对于日本启蒙期的功效最大。他曾提倡改革文字，他在《文字的教学》(1873)的序文里说：

> 今后须逐渐一心一意的废除汉字，所应留意者，即写文章时，务要不用烦难的汉字。如能不用烦难的汉字，则汉字的数目，只要两千或三千就足够了。此书三册（按即指《文字的教学》）用汉字之数不满三千，供通常使用，并无困难……

福泽的态度是启蒙的、破坏的、改造的、怀疑的。他希望人人知道"实学"的可贵，一面又培养国民的自由独立的精神。

与福泽同道的人，还有一个中村正宇（1834—1891）。他的学识不及福泽的渊博，曾留学英国，译有斯迈尔氏的《自助论》（改名《西国立志篇》）。他的目的，在把国民养成为英国式的、有自助自立的品性的绅士。

2. 法国的自由思想。法国的自由思想，为坂垣退助所主倡。明治十五年（1882），有中江兆民译卢骚的《民约论》，题为《民约译解》（用汉文体译）；马场辰绪著《天赋人权论》，西园寺公望与松田正久等刊《东洋自由新闻》，也是鼓吹自由民权的。他们见法国大革命后欧洲自由平等思想的旺盛，便想日本也会马上实现。在以前倾倒于英美功利思想的国民，这时都景慕法国的自由思想，政治上起了各种的新运动。

3. 基督教的精神。基督教传入日本，是在战国时代（约1549年），但是把基督教当做"思想"而容纳，则在明治初年。这时有一个叫做新岛襄的，他在京都设立同志社（1875），作为基督教教育的大本营。他说，如果不用基督教来感化国民，则无从传播新文明的真精神。他特意在佛教势力最盛的京都设立同志社（现为同志社大学），他的门下有德富苏峰、德富芦花、浮田和民诸人。

4. 德国的国家主义。加藤弘之受了德意志学派的影响，著《人权新说》一书，反对自由平等的民权思想。后来他又受了进化论的影响，提倡"强者必发达"的进化论的国家主义。

上述四种思想，互相激荡，影响及于政治、文艺，是很可注意的。

欧美的思想侵入日本以后，文学起了很大的变化。以前的文学受中国文学的影响，自近代起则追随着欧美的文艺潮流前进。到了现在，日本的新文学已在世界上占了一席地位，有许多作家的作品具有世界的价值，他们的成功，并不是侥幸而致的。明治年间的努力，实为根本的原因。

试考近代文学之所以发达，却有下列的八种原因。

1. 欧美文学的刺激；

2. 日本传统文学的影响；

3. 基督教的影响；

4. 中日、日俄两次战争的胜利；

5. 国民生活的进步；

6. 教育的普及与国民读书力的增进；

7. 定期刊物（Journalism）的勃兴；

8. 文学界有自由的空气。

近代文学的变迁与派别是很复杂的，为便利计，我们先讲近代文学的前期，即是明治时代的文学。这期的文学，起自1868年，终于1912年。再就文学思潮的变迁，将这期文学分为四个时代。

1. 混沌时代（1868—1885）；

2. 新文学发生时代（1886—1895）；

3. 浪漫主义时代（1896—1905）；

4. 自然主义时代（1906—1912）。

[注]文学的倾向的变迁，是不能够截然规定的，上列公元的年代，仅表示一个大略的界限。

一、混沌时代

明治维新是一个大转变的时代，日本人士多急于物质文明的建设，在起首的十年间，文学与美术，不为人所重视。这十年间的文学，只是继承江户时代的残烬。可数的文学家，有假名垣鲁文与河竹默阿弥等人。后来有了翻译文学与政治小说的兴起，文学才有一线的光明。

假名垣鲁文(1829—1891)生于江户(明治时代的东京),先世为相模国的农夫。幼时为人服役,喜读那时流行的"读本"。后来入花笠鲁介门下,文学的生涯从此开始。他的处女作是《政谈青砥碑》,后来发表作品多种。他是一个"戏作者",所作都是模仿前代作家的,他并没有什么奇才。与他同时代的作家,因为时势的变迁,受了淘汰,只有他还能在新时代残留,以他的模仿马琴、一九、三马诸人的作品,供给这"青黄不接"的时代。

他的主要作品,共有三种,就是《西洋道中膝栗毛》(1870—1872)、《安愚乐锅》(1871)、《胡瓜遣》(1272)。

《西洋道中膝栗毛》是模仿十返舍·一九的《东海道中膝栗毛》而作的。一九写的是国内的滑稽旅行,他写的是国外的滑稽旅行(由日本的横滨到伦敦)。原作的内容写东京神田的浮浪者弥次郎兵卫与北八二人,由富商大腹屋带去游伦敦。他们从横滨乘上船,在船上和各地闹了不少的笑话,后来到了伦敦,看过博览会,然后回来。书中以对于新奇事物的误会、汉语的混合使用、二人的恶戏滑稽等,引起读者的发笑。作者的主旨是对于英美功利主义思想的讽刺,不外是时代的反动者。

《安愚乐锡》[①]有三篇,分为五册。当时日人染了欧风,"西洋料理"流行一时,牛肉尤其受人的欢迎。有一种牛肉店,卖一种食馔,名叫"牛锅"(即现在通行的"锄烧"),这部小说,即以牛店为舞台,描写明治维新得到解放的平民阶级的悦乐,把学生、娼妓、野武士、木工、

[①] 应为《安愚乐锅》。

商人等写在一起,使他们赞美开化,如高谈电报、气球、蒸汽车之类。作者的态度也是讽刺的。

《胡瓜遭》分上下二卷,是几篇"小话"的集成,又名《胡瓜图解》,仿福泽谕吉的《穷理图解》,内容也是对于时代的冷嘲。

鲁文的著作,内容浅薄,态度不是诚实的,在文学上的价值很低,只因是"时代的产物",所以才有一顾的价值。

河竹默阿弥(1816—1903)本姓吉村,幼名芳三郎,他是江户时代剧作家的殿军,度剧场生活凡五十三年,作剧三百余种。明治改元,他正是五十三岁,此时所作,约有一百九十种。在明治改元以前的作品,以《三人吉三》《村井长庵》二作最著。他惯于在罪恶的世界中寻出题材(如《三人吉三》一剧,就是写一个和尚、一个哥儿、一个姑娘,相结为恶),被称为"白浪作者""恶的诗人"。他在明治时代所著的作品,则以《发结新三》(明治六年)、《霜夜钟十字占》(明治十年)、《岛千鸟月白浪》等作为代表。

日本的新闻与杂志的创刊,对于促进文学发达的功绩是很大的。由明治三年到明治八年(1870—1875)间,有下列几种新闻出世。

    明治三年(1870)2月
      横滨每日新闻创刊(日本最早的日刊)
    明治四年(1871)5月
      京都新闻
      纪州新纪闻

名古屋新闻

明治五年(1872)2月

东京日日新闻

同年6月

邮便报知新闻

明治七年(1874)9月

朝野新闻

同年11月

读卖新闻

明治八年(1875)1月

东京曙新闻

同年4月

平假名绘入新闻

同年5月

近世樱田新闻

上列几种新闻中,最可注意的是福地樱痴(名源一郎)主宰的东京日日新闻、成岛柳北主宰的朝野新闻、藤田鸣鹤主宰的邮便报知新闻。樱痴善写论文,理解新文化的趋势。柳北长于讽刺与笑谑,但有反抗新时代的倾向。

新闻勃兴时,杂志也随着产生。最早的是《明六新志》(因创刊于明治六年,故名"明六"),体裁为半月刊,以鼓吹介绍欧美的新文化为目的。这个杂志的主人是明六社,社员有十余人,都是当时的教育家或学者。如森有礼、福泽谕吉、中村敬宇、加藤弘之等都是社员。领袖人物则为森有礼,他曾留学英国,是一个基督教徒。他在《明六新志》上发表的重要文字,有《废刀论》《禁妾论》《男女同权论》等,对于时代的影响很大。此外的文章如西周的《罗马字论》、坂谷素的《万国共通语的必要》、神田孝平的《演剧改良论》、津田真道的《出版自由论》等,都是惹人注意的文字。

在明治十年以内刊行的杂志,先后有《同人社文学杂志》《评论新闻》《近时评论》《扶桑杂志》《草莽杂志》《团团珍闻》《柳桥杂志》《东京杂志》《花月杂志》等。其中有文学趣味的,当数《花月杂志》与《柳桥杂志》等。

自明治十一年(1878)起,翻译文学逐渐兴盛。惟当时翻译外人作品的动机,颇不纯正。有的是鼓吹政治思想,有的是介绍科学知识,有的是介绍西洋的风俗人情。像样的翻译当数明治十一年(1879)一月出版的《欧洲奇事花柳春话》,译者是织田纯一郎(本姓丹羽),他是英国留学生,在船上读了尼敦(Lord Lytton,1803—1873)的《阿勒斯特·玛尔特勒维斯》(1837)与《爱里斯传》(1838)二书,就把它节译成为这一部小说。文字是用日本的文言写的,别有风味。内容写一个叫做阿勒斯特的人,他梦想做大政治家、大文学家,后来经过了各样的人生的苦痛,终于达到目的。从前失了的爱人,也在此时出现,遂完成"洞房花烛"的好事。译者的动机,在当时是比较纯正的。

自《花柳春话》得了世人的欢迎,就有人跟着学样。尼敦著的其他作品,被译成日文者,有《系思谈》(原名《格勒尔姆·吉林古尼》,藤田茂吉与尾崎庸夫合译)、《绮想春史》(原名《邦贝末日记》,译者佚名)、《慨世士传》(原名《刘因吉》,坪内逍遥译)。

此外的翻译还有——

《春莺啭》〔关直彦 译,原名《菲菲·格勒》,迪斯那里(Disraeli,1804—1881) 作〕;

《梅蕾余薰》〔牛山鹤堂 译,原名《埃凡和(撒克逊刧后英雄)》,司考特(W. Scott) 作〕;

《春风情话》(橘显三 译,原名《兰玛姆尔的新妇》,司考特 作);

《全世界一大奇书》(井上勤 译,即《天方夜谭》);

《春江绮谈》(坪内逍遥等 译,原名《湖上美人》,司考特 作);

《鹅璆皤回岛记》(片山平三郎 译,原名《格利弗游记》,Swift 作);

《狐的裁判》(井上勤 译,德国歌德 作)。

以上列举的几种,都是政治小说,或历史小说,不然就是传奇小说。当时最可注意的是科学小说的翻译,以译法国科学小说家维勒(Jules Verne,1828—1905)的作品为多,重要者有下列多种。

《海底旅行》(井上勤　译,维勒原　作)

《月球旅行》(同上)

《造物者惊愕试验》(同上)

《八十日间世界一周》(川岛忠之助　译,维勒　原作)

《三十五日间空中旅行》(井上勤　译,维勒　原作)

《北极旅行》(福田直彦　译,维勒　作)

因受翻译文学的刺激,遂有政治小说的产生。作者都是当时的少壮政客,或是新闻界的闻人。他们将自己对于政治的希望或抱负,借小说的形式发表。若写成一篇论文,恐怕看的人不发生兴味,所以借英雄志士的故事,写成似是而非的小说,使阅者受感动,懂得一点自由民权、平等思想、爱国爱同胞等。除此以外,政治小说的用处,就是当时的不得志的政客,怀着满腔的牢骚,无地发泄,只好托笔于小说,把胸中的闷气舒散一下。由此看来,当时的政治小说没有文艺的价值,是无怪其然的。

试数那时能够感动读者的政治小说,则有下列几种。

《经国美谈》矢野龙溪　作(1883—1884)

《浮城物语》同上(1888)

《佳人奇遇》东海散士　作(1885—1891)

《世路日记》同上(1884—1885)

《雪中梅》末广铁肠　作(1886)

《花间莺》同上（1887—1888）

《新妆佳人》须藤南翠　作（1886）

《丝篑谈》① 同上 （1887—1888）

[注]括弧内为作品的著作年代。

以上诸作，读者最多的，是东海散士的《佳人奇遇》。原作的内容全为空中楼阁，将恋爱与政治理想交织，写成一篇传奇。《经国美谈》取材于希腊台北（Thebes）的故事，写爱国的勇士。《雪中梅》与《花间莺》二作的技巧近于"现代化"，以描写政治为背景，写当时的政治青年的遭遇。《绿蓑衣》的封面上写着 Political Novel（政治小说）的题名，取材于农村问题。这几种都是当时流行的作品。此外还有藤田鸣鹤著的《文明东渐史》，也极流行。原书本为一部文明史论，只是其中写到渡边华山与高野长英二人的地方，有着传奇的风味。

二、新文学发生时代

明治十八年（1885）坪内逍遥（1859—?）著了一部《小说神髓》，是为日本新文学的警钟。从这一年起，日本的新文学便进了建设时代。

《小说神髓》分上下两卷，共二十章。是一部讲小说的意义与方法的书。上卷讲小说的本质、起源与变迁，论小说的主要目的为描写

---

①应为《绿蓑谈》。

人情,不在于劝善惩恶,并列举小说的种类、功用。下卷先讲小说的法则、评衡日本的小说,并及文体、结构、性格等。现把上下两卷的内容,略述于下。

上卷

小说总论　　　　何谓艺术
　　　　　　　　小说为艺术的理由
小说的变迁　　　小说与历史的起源
　　　　　　　　小说与演剧的差别
小说的主眼　　　人情为小说的主眼
小说的种类　　　"描写"小说与"劝善惩恶"小说的区别
　　　　　　　　时代物语(历史小说)、世话物语(社会小说)等
小说的裨益　　　一、使人的气格高尚
　　　　　　　　二、劝奖惩诫与医郁排闷
　　　　　　　　三、补正史的不足
　　　　　　　　四、文章的裨益

下卷

小说法则总论　　小说法则的必要

	各种文体的得失
Plot 的法则	快活小说与悲哀小说
	Plot 的十一弊
	一、荒唐无稽
	二、无曲折变化
	三、重复
	四、鄙野猥亵
	五、好恶偏颇
	六、特别保护(即对于书中主人的偏爱,如中国旧小说中的"逢凶化吉""刀下留人""正在危急,忽然救星来临"之类)
	七、矛盾撞着
	八、夸示学识
	九、拖泥带水
	十、缺乏诗趣
	十一、用许多文字述人物的来历
历史小说的结构	正史与历史小说
	历史小说创作的心得
主人公的设置	主人公的性质
	主人公的二假设法(演绎法与归纳法)
叙事法	叙事的阴阳二法

一、不直接叙人物的性质,借言语举动以表其性质

二、直接叙人物的性质

书末有坪内氏的跋语,跋曰:

本书起稿于明治十七年中,刊于十八年初。故议论浅薄,不足取处颇多。尤其以美术论、文章论、变迁论等,与现今的作者的议论有异。祈看官谅之。他日另著小说论,公诸于世。

明治十九年五月　坪内逍遥记

在原书的绪言里,作者说出他作此书的主旨。大意是——

现在小说很盛行,称为"戏作者"之辈很不少,都是"翻案者",独创的作者一个也没有。近来刊行的小说,以马琴的糟粕,一九、春水的赝物为多。因为他们以为小说的主脑是在于"劝善惩恶",作成道德的模型,以作品中的主人供这种模型的牺牲。即使不是强人尝故人的糟粕,也是取材的范围窄狭,而作成千篇一律的小说。这种罪自然是属于作者的,但一半还是要归没有眼识的读者负担。自古以来,我国(日本)的习惯,视小说为教育的一方便法门,一面高倡应

该用"劝善惩恶"为主眼,实际是以杀伐惨酷或猥亵的故事迎合读者。作者原无什么大见识,或为舆论的奴隶,或为流行的犬马,织成投合时尚的残忍的稗史,写出猥陋的情史;借劝惩为名义,强要主旨,结果是悖于人情,作成不合理的结构。这样的拙劣的趋向益增加其拙劣,在学者看来,真是愚蠢,不值一读。其主要原因,就是作者不了解小说的主眼,徒谨守旧来的错误观念。我从幼读古今的小说,关于这方面的知识有一点,还有小说的目的在什么地方,也稍稍懂得,现在把这点思考整理公世,一以解读者的迷茫,一以启作者的愚蒙,企图我小说界的刷新。

作者在这种抱负之下,作成新的小说论。对于日本传统的小说(即江户时代马琴的"读本",一九、三马等人的著作),迎头痛击,把那些"戏作者"的作品分析得一文不值。

原作的主要部分,就是"小说的主眼"一节,作者所倡的"写实主义""心理描写""人生的艺术""性格描写"等,都可在这一节里窥见一二。这一节的大意是说——

> 小说的主脑是"人情",世态、风俗次之。人情就是人的情欲。人是情欲的动物,无论善人贤者,都有情欲,不过他们没有现出,却不能说他们的心里没有这东西。凡人表现于外的行为,与藏于内部的微妙的感情(情绪),成为两条现

象。如历史传说,只能叙述表现于外的行为,而不细描深藏内部的感情。小说的职务,只在穿透人情的微妙的奥底。要描写出贤人君子,老幼男女,善恶邪正的心之内幕。使周到精密的人情灼然可见,所以小说家又须是一个心理学家。凡创造人物,应恰当地根据心理学原理,倘若一任自己的意匠,而与人情悖背,或创造一个和心理学相反的人物,则任其结构如何巧妙或叙事如何奇特,都不能称为好小说。所以,凡小说必深写人心的内面,而使它如现在眼前一样。能够这样,才能写出各时代的人情世态,才能说小说是人生的批评。

作者在"小说总论"一节里,斥日本的诗歌不能够写复杂的感情,他说——

> 日本的短歌长歌等,可以说是未开化时代的诗歌,决不能称为文化发达的"现世的诗歌"。……文化发达,人智随着进步,人情也有变迁,进为复杂。古人质朴,感情也单纯,仅仅三十一个字(按此指短歌)就足以吐露胸怀。现今的人情,就不是几十个字所能说尽的了。即今几十个字能写尽感情,而不能写其他的情欲,也不能称为完全的诗歌,难与泰西诗坛并列云。

他又论"诗"与"韵语"的关系,大意是——

在世之浅学者看来,为诗的主脑的就是在于"韵语",这是很不对的。诗的骨髓是神韵。能写幽趣佳境,即可尽诗的本分,区区韵语,有何用哉?……用韵语,于吟诵时虽有用,但现世,只默读通篇的神韵以为乐,则韵语就不要紧了。

自有《小说神髓》出世,明治小说始脱离"戏作"的范围,不负"近代小说"之名。把那些模仿江户小说家的作品,与第二义的翻译、政治小说等推翻。当逍遥作此书时,可以依赖的西洋参考书很少。据他自说,作此书时,所用的参考书,只有几种"英国文学史"和其他几种杂志(如 *Contemporary Review*, *Nineteenth Century*, *The Forum* 之类)以及其他几种修辞学、美学的书一册也未用,"文学概论"的讲义也没有听过。照此看来,逍遥的书是确有独创性的。现在欧美关于"小说原理"的著书已不少,但有好几种都是出版于《小说神髓》之后,试看下列的书名便可知道(有一种与《小说神髓》的产生同年)。

小说神髓(1884—1885)
The Art or Fiction by Sir W・Besant,1884
The Novel by F. M. Crawford,1893
The Art of Fiction by Henry James,1888
Philosophy of Fiction by D. G. Thompson,1890

逍遥又将《小说神髓》的理论具体化，著了一部小说，名叫《当世书生气质》。此作描写当时的一部分的学生，没有一贯的结构，也没有显明的主人。借"类型"的性格，写新旧思想的冲突。后来逍遥又作《妻房》(《细君》)、《一圆纸币的话》等，为当时写实的小说的范本。

自逍遥的《小说神髓》与《书生气质》二作发表后，受影响最巨的是长谷川二叶亭(四迷)，他是精通俄国文学的人，见了逍遥的《小说神髓》，便想做一部描写性格、描写心理的小说，结果写了一部《浮云》。原作共分三篇十九回(明治二十年出版第一篇，[明治]二十一年刊第二篇，第三篇发表于[明治]二十二年秋的《都之花》杂志)，写内海文三自幼受叔父的扶植，长后得任某地小吏，因不善应酬，遂被免职。文三的叔母阿政，知他失业，便存鄙视之念。阿政有女儿阿势，原拟嫁给文三，现因文三免职，不愿将女儿嫁他。文三有同僚本田，时来看他，因此认识阿势，见文三失恋，便乘机诱惑阿势，阿势也倾心于本田。文三处在这个环境里，很想离开叔父家，到别地方去，他却不能够决然舍去，他想再试和阿势相爱，如不能如愿，再离开他们，原作的至此告终，这是《浮云》的粗略的梗概。书中的文三、阿势、阿政、本田等人的性格，都跳跃纸面。尤其是文三的心理描写，极深刻细致。《小说神髓》的心理描写的理论，赖有此作，将它实现。

受《小说神髓》的刺激产生的，另有尾崎红叶、石桥思案、山田美妙斋、丸冈九华诸人组织的"砚友社"。砚友社的成立，在明治十八年。他们办《我乐多文库》(杂志)，由社员自己笔写，大家传观，一册只有二三十页，内容有和歌、俳句、狂歌、端呗、汉文、汉诗、谜、插画等,出到第九号(明治十九年十一月),才付印刷,由半可通人(即尾崎红叶)起草宣言。他们的态度是"游戏"的,与二叶亭所主张的人生的艺术,正相对立。到了明治十九年末,又有川上眉山、岩谷小波、江见水荫、广津柳浪诸人加入,在当时的文坛,颇有势力。

尾崎红叶喜描写"江户趣味"的人物,如《伽罗枕》借妓女表现江户气质;《三人妻》用某商人的三个妾写当时妇女的气质;《色忏悔》写两个尼姑互叙以前的恋爱;《多情多恨》写数学教员惊见丧妻,与叶山妻子的藤葛;《金色夜叉》是他的绝笔,写高等学校的学生问贯一,做了放高利的市侩,借金钱复仇。描写女性与恋爱,是红叶的特长,文字的技巧,为时人所称道。

二叶亭与红叶的态度都是客观的,此时有幸田露伴出,将理想与观念表现于作品,为理想派的首领。他的代表作为《五重塔》,写木匠十兵卫建筑五重塔的意志;次为《风流佛》,写珠运与卖花女阿底的恋爱,女为子爵的落胤,其后爱情割裂,珠运不忘彼女,遂刻女像,名的"风流佛"。露伴还有《露团团》《缘外缘》《血红星》等作,多空想与夸妄,为"砚友社"一派所病。

这时的作家缺乏经验,偏于主观、流于皮相的写实,题材单调,于是读书界遂起而要求新奇的东西,需要传奇小说与历史小说。

传奇小说的代表作家是村上浪六,他的杰作是《三日月》,以侠客三日月次郎吉为主人,用夸张的笔调描写人物,展开富于波澜变化的场面,颇受时人的欢迎。他又作《女之助》《奴小万》《髯自休》《深见笠》等。除浪六而外,有矢野龙溪作《浮城物语》,须藤南翠作《胧月夜》《荒海实一》，宫崎三昧作《桂姬》，末广铁肠作《南洋的波澜》，这些作品在那时虽盛行，但从纯文学的眼光看来，它的价值很低。只因写实小说单调无味，而一般民众对于江户趣味（如对侠客义士的崇拜）尚念念不忘，所以能吸收一般读者。坪内逍遥等曾讽这一派为"拨鬟小说"，替他们立"小说学校拨鬟科教则"，讽刺他们的矫奇与风流。

传奇小说衰微，代兴者就是侦探小说。此派的健者是黑岩泪香（周六），他的代表有《铁假面》《死美人》《大金块》《人耶鬼耶》等，多将外国作品翻案或重述，大受读者的称赞。惟岛村抱月等则反对侦探小说的流行，抱月在《早稻田文学》上曾做论揭穿侦探小说的缺点，大意说：

> 试翻阅几种侦探小说，检其结构，就其类似之点而抽象，先留于心上的，就是连篇都是把快乐性的根基，放在智力上。换言之，就是以追究的快乐作兴味的根本。侦探小说的主要命脉，在申诉于智力的快乐。作成之法，不外于发端时先揭种种疑问，以引起读者的好奇心，次则逐次解疑，俨如数学家解释难题一样，不到结局的答案不止。至于达到疑团冰释的路，不惜用尽方法，但终无何等意味，不过引起快乐的结局而已。譬如杀富家的寡妇而案情隐蔽，阅者先要知道的就是犯罪者是什么人，于是有无情无血的侦探，卖友人卖良心，弄尽诈谋术数，求获罪人，以满足读者的"智

力的心"。阅者读侦探小说而感快乐时,并不在刚读着的事件的全局,或对于某部分有趣,只是一步一步渐达最后的满足。

侦探小说本无全部浏览的必要,阅者先读前半,再跳阅收尾的部分,则阅前部所感的兴味,又全消失,亦无继续阅览全文的心意。即使经过的事件,有若干妙味,然除了秘密的解释之外,侦探小说的本来面目,殆难保存。

侦探小说既遭排击,遂有历史小说继起。历史小说勃兴之前,先有史传的流行,作者把文学与史传调和,写伟人志士的行迹,如德富苏峰的《吉田松荫》,德富芦花的《格兰斯顿》,森田思轩的《赖山阳》,内田鲁庵的《约翰孙》等是。历史小说的著名作家,有塚原涩柿园、村井庭斋、高山樗牛等人。尤以樗牛著的《泷口入道》为杰出,这一篇是明治二十六年《读卖新闻》征文当选的著作,由坪内逍遥、尾崎红叶、幸田露伴等所选拔者。

促进新文学发展的,这个时期的翻译文学是很有功绩的。第一个当推长谷川二叶亭,他定下严格的翻译标准,他译俄国屠格列夫诸人的名著,建立"艺术的翻译"的基础。次为森鸥外、坪内逍遥、内田鲁庵诸人,都做过极忠实的介绍工夫。鸥外本是学医的,曾留学德国,对于德奥的文学很有造诣,他的《水沫集》里,收有十六篇的翻译。逍遥介绍英国文学,专心于莎士比亚的翻译。内田鲁庵也是介绍俄国文学的,曾译陀思妥也夫斯基的《罪与罚》。

日本诗歌的革命,也发芽于此时。井上巽轩、矢田部尚今诸人于明治十五年,出版《新体诗钞》,巽轩做文论"新体诗"的需要,他说——

  向来占据"诗坛"的汉诗与和歌,不足以发抒吾人的情志。是汉诗,便成了支那的诗,并非作为本邦的文学发达起来的。和歌虽为本邦文学,足以宝贵,然而是过去的文学。栖息在新日本的文明潮流里的国民,欲借诗以发挥情志,则应取"用现时的国语作成的欧化的"诗形;应该选择"用平平常常的语言作成的"诗形。

巽轩受了欧美诗歌的影响,所以提倡"自由诗"。后来尾崎红叶与山田美妙出《新体诗选》,S.S.S(新声社)的同人森鸥外、落合直文也在《国民之友》杂志上发表新诗。《文学界》(杂志名)的同人岛崎藤村、北村透谷、马场孤蝶、户川残花也是新诗的健将。

三、浪漫主义时代

这一期的文学,产生于中日战争(1894—1895,即明治二十七年与二[十]八年)之后。中日一役,是日本将明治维新以来储蓄的力量,拿出来尝试,将中国当作了试验品。不幸我国失败,日本的地位因以增进,军国主义、侵略主义的跋扈愈甚。在另一方面,因为战争胜利,在日本国内,促进了个人的自觉与社会的自觉,从前崇拜欧美,高呼欧化,现在因为打败中国,便自大起来。在思想方面,有人提倡偏狭的国家主义、国粹主义、日本主义。

日本主义出现后,便有了反动,就是世界主义与社会主义的兴起。这时期的思想的变迁推移,影响及于各方面,大众要求新道德、新文学、新宗教、新哲学、新伦理,是为日本的"狂飙勃起"时代。

在中日战争以后,日本的新闻与杂志,骤然发达,这是促进文学发展的一个主因。当时如《文艺俱乐部》《太阳》《帝国文学》《新小说》等杂志都注重小说的登载;如"读卖""朝日""国会"等新闻也刊载小说。同时从事文艺的人,也随着增加。这时期的作家,可以分做几个集团。

1. 砚友社系:泉镜花、小栗风叶、德田秋声、柳川春浪;

2. 早稻田系(即早稻田大学文科出身者):岛村抱月、后藤宙外、水谷不倒;

3. 民友社系:德富芦花、国木田独步;

4. 露伴系(露伴即幸田露伴):田村鱼松、中谷无涯;

5. 新声社系:中村春雨(吉藏)、田口掬汀;

6. 柳浪系(柳浪即广津柳浪):永井荷风;

7. 女流作家:樋口一叶;

8. 独立系:小杉天外、内田鲁庵、田山花袋。

这时期最可注目的作家是泉镜花、广津柳浪、樋口一叶、德富芦花诸人。

泉镜花以作观念小说(以一种观念,浸入读者的脑中),有名于时。《书记官》与《夜行警察》,是他的代表作品。《书记官》一作,写一个处女,为父亲的利欲,牺牲了贞操。《夜行警察》写一个异常忠实于职务的警察,某夜他的爱人的父亲大醉,他与爱人扶醉汉回家,醉汉骂他,并叫他与女儿分离,醉汉跳进水中,他下水去救,因以溺死。这一篇是写恋爱与责任的冲突,这就是读者所得的观念。

广津柳浪取材于深刻的悲剧与罪祸,长于心理描写,所作有深刻小说(或称悲惨小说)之称。《黑蜥蜓》①是他的代表作,写女子都贺嫁给木匠与太郎为第七个后妻。与太郎有一个终日喝酒的父亲,当与太郎出外时,他便想奸媳妇,但她能守贞操,于是父亲待她很凶,她屡次想逃走,但不忍舍弃丈夫与儿子,只得忍耐过日。后来不能忍耐的日子来了,她拿了黑蜥蜴(毒虫名)毒杀了父亲,她自己也溺死。这是一篇取材于悲惨、黑暗事件的小说,作者对于人物的心理性格的描写,很是苦心。

樋口一叶(夏子)以井原西鹤为法,曾师事幸田露伴。她是一个有天才的女子,不幸早死,为世人所惜。《浊江》《身长比较》是她的代表作,她善写被男性与社会虐待的女性,于背着十字架的女子与被人舍弃的女子,有深厚的同情。《浊江》写酒店女阿力的苦闷,《身长比较》写妓女阿缘的薄命,均有感动读者的力量。

德富芦花是家庭小说作者的第一人,《不如归》一作,博得全国青年男女的赞叹。芦花而外,如菊池幽芳的《己之罪》《乳姊妹》《亡妻》,田口菊汀的《人的罪》《伯爵夫人》,中村春雨的《无花果》等作,

---

① 应为《黑蜥蜴》。

都是有名的家庭小说,描写家庭道德的优点,为知识阶级的青年男女所爱读。

浪漫主义时代,原是追逐美丽的梦幻之时,因此有新诗的勃兴运动与"短歌""俳句"的革新运动。

新诗的著名作家有岛崎藤村、土井晚翠、薄田泣堇、蒲原有明四人。藤村的《苕菜集》,出版于明治三十年,为划时期的著作。他的诗富于热情,受英国诗人洛色底、斯文般的影响。土井晚翠是一个冥想的诗人,[明治]三十二年出版的《天地有情》,是他的最早的诗集。他的诗豪健奔放,善写现实的悲痛。薄田泣堇叹美艺术与恋爱,诗风与藤村相近。他的诗集《暮笛集》出版于[明治]三十二年,以雄丽的辞藻见称。蒲原有明的诗初写恋爱,后渐移入神秘的境地。《若草》与《独弦哀歌》,是他的代表诗集。

新诗的勃兴,影响及于"短歌"(三十一字的歌)与"俳句"(十七字的短诗)。此时"短歌"的新作家,有与谢野铁干(宽)、与谢野晶子(宽的夫人)。铁干的歌集有《东西南北》《天地玄黄》。其中所收的,都是真情流露的歌,使沉滞的歌坛,受了新的刺激。晶子于明治三十四年出歌集《乱发》。她有奔放的热情与锐利的感受性,自由而大胆地讴歌恋爱。与谢野夫妇外,尚有尾上柴舟与金子薰园,对于短歌的革新也有力量。

"俳句"的革新运动始于正冈子规,他主张"纯客观的新写生句",打破旧"俳句"的陈腐。他的门下有高滨虚子、河东碧梧桐、内藤鸣雪、佐藤红绿诸人。

坪内逍遥不仅热心于小说的革新运动，到了此时，他又高呼戏剧的改革。他在［明治］二十六年四月的《早稻田文学》上发表《我国的史剧》一文，是一篇戏剧革命的宣言。在这篇文章里面，他先批评日本古来的史剧作家的作品，次述自己对于史剧的意见。他于明治二十七年做了一篇剧曲，名叫《桐一叶》，以丰臣氏的衰微的史事为题材，注重性格描写。又于明治三十年，著《孤城落月》，可视为《桐一叶》的续篇，写淀君的狂乱与秀赖的忧愁，有抒情的趣味。后更作《牧之方》，为三部曲的首卷（十余年后作《星月夜》《北条义时》三部曲始完成），内容写镰仓时代的悲剧。逍遥的几种作品，均收相当的成功，成为新史剧的典型。

四、自然主义时代

日俄战役（1904—1905）以后，日本的文学起了新的变化。欧洲的科学精神，与自然主义的文艺思潮流传日本，使日本文学界的倾向改变。

在日俄战争前后，介绍欧洲文学的人渐多。如法国的左拉、巴尔扎克、福劳贝、莫泊桑、龚古尔兄弟，俄国的托尔斯泰、屠格涅甫，德国的苏德曼、霍普特曼等人的作品，对于日本的文学家有很大的影响，使少壮的小说家受了新的刺激。在别一方面，有岛村抱月、长谷川天溪等评论家提倡自然主义的小说，做了几篇有力的论文。因有创作家与评论界的努力，于是自然主义在日本文坛占了胜利。

自然派作家的先驱者，为国木田独步、岛崎藤村、田山花袋三人。

国木田独步是一个天才的诗人,他喜读俄国的屠格涅甫与英国诗人渥兹华斯的作品。在他的著作里,漂浮着人间的哀愁。他的作品,都是短篇,可以分为下列五类。

一、写自然界的:《武藏野》《小春》《空知川的岸边》;

二、写"悲哀"与"夫妇问题"的:《别离》《归去来》《第三者》《汤原通信》《夫妇》《镰仓夫人》《爱"恋爱"的人》;

三、写运命或人生问题的:《女难》《牛肉与马铃薯》《正直者》《运命论者》《酒中日记》《恶魔》《帽子》《渚》;

四、写少年时代的追忆:《少年的悲哀》《春的鸟》《马上的友》《画的悲哀》《日出》;

五、性格描写:《难忘的人们》《巡察》《富冈先生》《非凡的凡人》《号外》《竹的木户》。

若就著作的年代来区分他的作品,则可以分为三个时期。

第一期(明治二十七年至[明治]三十四年,1891—1901):

《难忘的人们》《河雾》《武藏野》《源 Oji》;

第二期(明治三十四年至[明治]三十七年,1901—1904):

《牛肉与马铃薯》《巡察》《酒中日记》《运命论者》《恶

魔》《女难》《空知川的岸边》《正直者》《富冈先生》；

第三期（明治三十七年后半至[明治]四十一年初夏，1904—1908）：

《冈本的手帖》《那时》《波的音》《爱"恋爱"的人》《泣笑》《号外》《穷死》《暴风》《节操》《竹的木户》《二老人》。

第一期是抒情的时代，《武藏野》一作，描写东京近郊的自然，深刻细腻，震惊一世；《难忘的人们》，足窥独步全部作品的态度，此作描写在濑户内海小岛的矶边垂钓的人影、在阿苏山麓跋涉小径的马夫、番匠川畔的舟子，这些都是他所描写的"难忘的人们"。第二期的代表是《牛肉与马铃薯》，描写群集"明治俱乐部"的几个人，借冈本来披露他的人生观，写牛肉主义（实际的）与马铃薯主义（理想的）的思想。第三期的代表作是《冈本的手帖》，这时他对于生活已有体验，他的"意识内容"更深刻，较以前更痛感人生与宇宙的不可思议。

在独步的作品里，可以得见美丽的人生的幻影被实生活所突击，一件一件地消灭。这种悲哀、苦痛与烦恼是一种光，使他的艺术辉煌起来，又是一种力，使他的艺术伟大。独步所取的题材，不是美满的恋爱，而是幻灭了的悲恋；不是人生的光明，是人生的黑暗的姿首；不是如意的人生，是不如意的人生。在他的作品里，刻印着痛切的生活问题。他对这痛切的生活问题，有时用"俏皮"的眼光去看，有时又表示绝望。他用富于诗意的散文，把现实的人生与痛切的问题呈现在读者的眼前。

岛崎藤村本为抒情诗人,后于明治三十九年(1906)作《破戒》(长篇小说),一跃而为自然主义作家的重镇。此作以信州小诸地方的乡土色彩为背景,写悲痛的阶级争斗,书中主人为濑川丑松,是一个青年教员,生于特殊部落。那地方的人对于特殊部落(秽多)的人,时加以残害。丑松的父曾诫他勿说出自己的来历,后来丑松破了父亲的戒,在儿童面前把自己的来历说出,舍了恋爱与地位,离了学校,远赴海外,这是原作的大意。藤村此外,取客观态度的描写,对于地方色彩,更用力描绘。评论家岛村抱月评《破戒》说:"这确是我国文坛近来的新发现,对于此作,我以为是小说达到了最新的回转期。欧洲近世自然派含有问题的作品,其中所流传着的生命,因有此作,在我国创作界才有对等的发现。"《破戒》以后,又作《并木》,写中年者的悲哀。明治四十一年(1908)作《春》,四十三年(1910)作《家》,此两大长篇足窥藤村艺术的精进。前作(《春》)写他青年时代的恋爱,并以《文学界》(杂志名)同人北村透谷、马场孤蝶、日川秋骨、上田敏诸人做 model。后作(《家》)描写他自己的生活,写二大家族的二十年间的经过,全作共千余页,用沉着的态度,对于各人物下精锐的观察,全篇充溢着沉郁的情调,将悲哀欢乐的场景,逐渐展开,实为人间生活的一大鸟瞰图。

藤村的作品除此三大长篇外,更作长篇《新生》。短篇可用《弟子》《奉公人》《萌芽》《食后》《Yamasa 的爱妾》《船》《出发》《少年之日》等作为代表,均以诚挚的态度与经过洗练的技巧作成。

藤村的《破戒》公世不久,国木田独步便逝世了。藤树与田山花袋二氏,成为当时新兴文艺的中坚。

田山花袋自明治三十五年(1902)发表《重右卫门的最后》一作后,他的倾向便转为自然主义。他在议论与创作方面都鼓吹自然主义,以左拉(Zola)、莫泊三(Maupassant)的自然主义为法。明治四十年(1907)发表《蒲团》(棉被),大胆地描写爱欲(Passion),震惊当世。岛村抱月评此作道:"这篇是肉的人,赤裸裸的人的大胆的忏悔录。在这一方面,明治小说诸家,先有二叶亭、小栗风叶、岛崎藤村诸氏开其端,到了此作,才最明白地、意识地把它显露出来。从不分美丑的描写,更进一步,专写丑的自然派,此作可以毫无遗憾的代表此派的倾向。"花袋更作三部曲"生""妻""缘",描写作者的半生的经过。在花袋的诸作里,可以得见他对于人生的悲哀、苦恼、丑恶,烦闷得无可奈何,一任自己随着漂流,态度是消极的。他发表"生"一作时,曾说明他所主张的"平面描写"。他说:"我写《生》一作时的方针是——不加一点主观,不加结构,只以客观的材料为材料,用这种方法来写,我想试试看。我不单是不加主观,对于客观的事象,一点也不钻进它的内部,也不进入人物的内部精神,只是就所闻、所见、所解的现象而描写。即所谓'平面描写',以此为主眼。"花袋所倡的平面描写,就是绝对地避免"说明",而以"描写"贯穿全篇的方法。

自然主义自有上述的三大作家出世,遂有德田秋声、正宗白鸟、真山青果诸氏继起。

德田秋声在田山花袋作《蒲团》的那年(1907),曾作小说《焰》与《凋落》二作。他曾加入砚友社,但是他的作风,终难和他们同化。在砚友社时代,他没有机会发挥他的特长,到了此时,他便在文坛上抬头。他在明治四十四年(1911)发表《徽》一作,遂享盛名。此作写文学家屉村,爱女子阿银,组织新家庭,生了儿子。用朴质的文笔,写家庭状态的变化。他以诚挚的态度描写人生,善绘"倦怠的人生"的缩图。

次于《徽》的杰作是《烂》,写晦运的女性生活与男子的性欲。还有《足迹》一篇,可视为《徽》的前编,写阿银的前身。他的作品的特色,在于善写晦运的女性,他的文章不如藤村的华丽,但却直率可爱。

正宗白鸟也为当时自然主义作家的健者。他著有《到何处去》《落日》《二家族》《毒》《生灵》《微光》等长篇;短篇收入《红尘》《白鸟集》《白鸟小品》三集内。《到何处去》一作可以代表白鸟的倾向,这是他的自叙传的一部分,书中的主人公管治健次就是他自己。健次是一个"不醉于主义,不醉于读书,不醉于酒,不醉于女人,不醉于自己的才智"的人。白鸟的作品里所表现的思想是否定的、逃避的、虚无的。有时对于社会取反抗的态度,结局以冷笑而终。他在最近仍努力于创作,戏曲《人生的幸福》,博得时人的称赏。

真山青果以表现纤细的感情见称于世,他的作品都是短篇。《青果集》《奔流》《南小泉村》《癌种》等是他的代表作。

二叶亭四迷自作《浮云》后,专心于翻译,久未执笔创作。到了明治四十年,作小说《面影》,发表于《东京朝日新闻》,次又作《平凡》,或描写世态,或解剖性格,援助当时自然主义文学运动。

自然派的主要作家,已略述如上。当时有新进作家崛起,点缀明治末期的文坛,如上司上剑、中村星湖、水野叶舟、小山内薰、洼田空穗、长塚节诸人,都具有特色。

当自然主义兴隆时,曾有后藤宙外等办《新小说》杂志,扬反对之声,但他们的根据很薄弱,没有发生什么影响。当时自然主义的劲敌,是以夏目漱石为中心的余裕派,以谷崎润一郎为中心的唯美派。

夏目漱石原是一个"俳句"作家,又是一个"写生文"的作家。他能将胸怀寄托于自然的风物,富有忘却世俗的东洋人的趣味。他将英国趣味、俳谐趣味、江户趣味融混为一。他的作品里充溢着"俏皮""轻笑""幽默""闲雅""清新"的风味。他见那时自然主义的单调,曾为文指摘。他为高滨虚子的短篇集《鸡头》作了一篇叙文,在这篇叙文里,他主张小说可以分为两种:一种是有余裕的小说,一种是非余裕的小说。有余裕的小说,就是不迫切的小说,是避去"非常"一字的小说。不用生活上的大事件或其他重大问题做材料的小说,就是有余裕派的小说。用运命、人生或某种问题做材料的,就是非余裕的小说。如果非余裕的小说有存在的权利,则有余裕的小说也应该有存在的权利。品茶灌花是余裕的,说笑也是余裕的,借绘画雕刻遣去闲愁也是余裕。

从"这余裕的小说"引申出来的,就是他所称的"低徊趣味"。这种趣味是指对于一事一物起独特或连想的兴味,从左看或从右看都不肯轻易舍去的趣味。用诗与小说表现实生活的苦味与悲哀,原是无味的,但是,能使人忘却实生活的苦味与悲愁,具有浮扁舟游桃源的趣味的艺术,始有存在的意义。艺术的能事,尽于使读者愉快有味,忘却现实生活的苦斗。他的主张,明明是艺术至上主义,是崇奉

"为艺术的艺术"(Art for Art's sake)的。

漱石的主要作品,有下列几种:

《我是猫》(1905—1906)

《伦敦塔》(1905)

《嘉莱尔博物馆》(1905)

《幻影的盾》(1905)

《琴音》(1905)

《一夜》(1905)

《薤露行》(1905)

《趣味的遗传》(1906)

《哥儿》(1906)

《草枕》(1906)

《二百十日》(1906)

《野分》(1907)

《虞美人草》(1907)

《坑夫》(1908)

《三四郎》(1908)

《其后》(1909)

《门》(1910)

《到彼岸》(1911)

《行人》(1912,大正元年)

《心》(1914)

《道草》(1915)

《明暗》(1916)

漱石的作品,约可分为三类:1.写梦幻缥缈的情趣;(如《伦敦塔》《幻影的盾》《琴音》《一夜》《草枕》《二百十日》《虞美人草》等)2.在滑稽谐谑里,讽刺社会人生;(如《我是猫》《哥儿》《野分》等)3.写心理的。(自《三四郎》以后诸作都是)除上列诸作外,尚有《到京的晚上》《文鸟》《梦十夜》《永日小品》《满韩纪行》《玻璃门内》等小品文字,还有做文科大学教授时的讲稿《文学论》《文学评论》等作。

夏目漱石之外,有森鸥外与高滨虚子,也是反自然主义的作家。鸥外用"游戏"的心情作小说,他对于人生的观察极正确,他的描写是很老练的。《涓滴》《走马灯》《天保物语》等作,有名于世。虚子作《俳谐师》《朝鲜》,也是低徊趣味的作品。

谷崎润一郎是日本唯一的唯美主义作家,他的名声从明治末年到现在(1929),始终不衰。他是一个纯粹的"江户儿",江户情绪与江户趣味,深深地浸入他的生活里。他追求官能的享乐与强烈的刺激。他的作品的特质是颓废的倾向、变态性欲的被虐狂、恶之华的赞美与病的官能之追求。他的"出世作"是一篇《刺青》(文身),写江户时代的某"刺青师"(即以代人文身为职业的人),欲得一个美丽绝伦的少女,为她文身,他在她的肌肤上,刻入自己的灵魂,后来如愿以偿,"刺青师"便死了。这明明是表现作者的病态的、耽美的倾向。

《恶魔》一篇，是被虐狂的具体化，他写一个男子，受他所爱的女子的虐待与压迫，自以为快乐。他把那女子的鼻汁，包在手巾里，不时用舌头去舔，觉得有无限的快感。这篇所写的是病的倾向与恶魔主义的倾向。如《哈散坚（人名）的妖术》《魔术师》《人面疽》等作，则写病的心理；《阿才与已之介》《阿艳杀害》二作，写妖艳的女子，是"恶之花"的赞美。他的文字，大胆奔放，适宜于表现他的主义。近来他更努力于制作，有《鲛人》《痴人之爱》《万字》诸作，每出一种，常震撼[日本]全国的读书界。

与谷崎氏的倾向相同的是永井荷风，他吸收法国文学的精华，加入江户趣味。他在早曾受自然主义的洗礼，自明治四十三年发表《欢乐》《冷笑》以后，耽美与享乐的色彩渐浓。他的代表作有《地狱之花》《新桥夜话》《红茶后》《牡丹之客》《隅田川》《美洲纪游》《法国纪游》等作。他除在大正初年发表几种作品外，近已不复创作。唯美派的地域，只有谷崎氏一人"独步"了。

这时值得注目的新浪漫派作家，尚有小川未明、铃木三重吉、森田草平三人。

小川未明的作品富于感伤的色彩，用他特有的抒情的美文，写被自然虐待的人盲目的反抗与绝望的哀感。《愁人》《绿发》《惑星》《暗》《少年的笛》《白痴》《鲁钝的猫》《废墟》等作，都表现这种倾向。他曾加入社会主义的团体，后来有几部作品描写被物质虐待的困苦者。他的作品的特色，可在他作的童话里看出。他久已不作小说，近来专心于童话的创作。他的童话是"纯文艺"的，小孩看了欢喜，大人看了也爱,日本人士拟他为东方的安徒生。

铃木三重吉与森田草平同为漱石的弟子,三重吉的艺术是写对于憬慕的绝望与焦躁,在《山彦》《千代纸》《女》《赤鸟》《不返之日》《黑血》(以上短篇),《小鸟的巢》(长篇)等作里显示着他的特色。森田草平的作品以《煤烟》为杰出,写他与平塚明子的热爱。这是一段实事,曾轰动当时的社会。此作之外,有《女之一生》《初恋》等短篇,以描写女性为主。他久未执笔,忽于大正十四年作《轮回》,惹起世人的注目。

第七章　现代文学(下)[①]

总　论

自明治维新以后的四十五年间,日本文学逐渐发达,产生了不少的优良的著作。到了1912年(即大正元年),文学界又展开了崭新的局面。

在这个时期,世界大战爆发,若举出此次大战的重要现象,则有以下几项:1.欧洲物质文明的幻灭;2.几百万生命的牺牲;3.几百亿金钱的浪费;4.大战前后的艰苦与破绽;5.和平的绝望;6.俄罗斯的革命;7.美利坚的膨胀等。世界各国,都受了此次战争的影响,在物质上、精神上起了巨大的变化。日本生息于这个时代,也不能不受这种怒涛巨浪的冲激。世界大战给予日本的礼物,就是社会改造的声浪、德谟克拉西(Democracy)的呐喊、劳资问题、妇人问题与社会主义的兴起。

[①]此标题为整理者加。

日本这时流行的思想，在先是泰戈尔的哲学，其后是托尔斯泰的崇拜，再次是嘉本特(E. Carpenter)、罗素(B. Russel)、罗曼·罗兰(R. Rolland)与新康德派的哲学。别一方面是宗教热，尤其是佛教思想的研究最为热烈。同时社会主义思潮的研究便也盛旺起来，崇拜马克斯(K. Marx)、莫里斯(W. Morris)的声浪甚高。在文学方面，自然主义渐渐衰微，明治末年，已有新浪漫主义崛起，到了此时，另有两大潮流产生，一是新理想的倾向（自然主义写人生的黑暗面，他们写人生的光明面），二是社会的倾向（自个人意识移转到社会意识）。除了代表这两种倾向的作家以外，还有各种派别峙立。在这十五年间（1912—1926），日本文学在世界文学里取得了相当的位置。考其原因，虽是受欧美文学的影响所致，其主因还是在于日本新旧作家的努力、国民对于文艺鉴赏能力的增进、出版事业的发达等等。

这时期的派别，极为复杂，现为叙述的便利，分为下列的几派。

1. 新理想主义；

2. 自然主义的旁系；

3. 新思潮派的作家；

4. "普罗列塔利亚"文学。

一、新理想主义

明治末年的日本文坛，人道主义的倾向已渐显明。到了大正时代，新理想主义的作家更形活跃。这派作家，他们是肯定人生的，是有理想的、光明的。他们的基本的思想是人道主义与爱的思想。代表新理想主义的作家,便是白桦派。

《白桦》是一种杂志,创刊于明治四十三年。这派的中坚分子是武者小路实笃、有岛武郎、志贺直哉、里见弴、长与善郎诸氏。他们都是贵族或者富商的子弟,既没有生活的困窘,也没有以文学为职业的必要。所以他们的作品没有职业的气味,只有泼剌清新的芳香。他们崇拜托尔斯泰、陀思妥耶夫斯基、罗曼·罗兰、罗丹(雕刻家)、米勒(画家)等人的作品。尤以托尔斯泰的世界主义与人道主义的思想,对于他们的感化最大。

武者小路实笃的作品以人类爱为基本色调,受俄国作家的影响很深。他的文章平明畅达,有动人的力量。他不仅作小说,也作戏曲、诗、评论文、随笔等,是一个"多产"的作家。他不受何等文学形式的束缚,大胆地表现自己的个性。《一个青年的梦》《日本武尊》《大国主命》,某日的《素盏鸣尊》《清盛与御佛前》《母与子》等作,都有他的个性显明的表现在里面。

有岛武郎的作品也是写爱的思想,武者小路氏写人类爱,他写的是近亲的或个人的爱。他的作品以丰富的辞藻、适宜的表现见称于世。他的初期的作品有《实验室》《凯旋》《该因的末裔》《克拉拉的出家》《生的烦恼》《某妇》《生与死前后》《给幼小者》等。到了大正十一年,他忽倾向社会主义,在《改造》杂志,发表《宣言》(作品的题名),并将北海道地方的私产放弃。后来又发表《某施疗患者》《断桥》《供又之死》等作,均足以窥其思想的转换,日本文坛对于他正有所热望的时候,他忽然与波多野秋子情死于轻井泽(大正十二年,即

1923年夏），世人不胜惋惜。

志贺直哉以尖锐的神经，描写现实，长于心理解剖。他的态度是纯客观的，对于社会人生并不垂感伤的泪，也不躲避。《和解》与《暗夜行路》是他的两大杰作。《和解》写与父不和的儿子的心理；《暗夜行路》写青年谦作的黑暗的生涯，谦作是他的祖父与他的母亲的不伦的结果生出来的。他不为他的父亲爱怜，养育于祖父的身旁。长后又对于祖父的妾阿荣发生爱恋，因而苦闷，在此作里也以心理解剖见长。志贺氏的表现单纯朴质，技巧是经过充分地洗炼的。他的短篇很多，如《范的犯罪》《好夫妇》《在城崎》，《大津顺吉》（中篇）等作，是最有名的。

里见弴是白桦派中具有"现实倾向"的作家，又是"新技巧派"的重镇，他用全力于技巧，他实行他的箴言——表现即是内容。他的泼剌的才气与精妙的心理解剖，使他成为现代文坛的重镇。他的作品，可分为两类：一类是以自己的生活做题材的，如《善心恶心》《买妻的经验》《嫂的死》《不幸的偶然》《同情》《信件》《生活的一片》等作；一类是以自身以外的事件做题材的，如《三个弟子》《女按摩》《少年的诳》《河豚》《胜负》《母与子》《箱根行》等。此外如《多情佛心》《四叶苜蓿》《今年竹》《大道无门》等作，都足以代表他的圆熟的技巧。

长与善郎的人道主义的色彩很浓厚，为"人类爱"而斗的性格，与武者小路氏近似，不过他没有像武者小路那样的确固的哲学与信念罢了。他的作品不多，《项羽与刘邦》《盲目的川》《结婚前》《可怜的少女》等作，足以代表他的艺术。近来因为身体衰微，僦居镰仓，久不见他的新作了。

新理想主义的作家,除了白桦派诸人外,尚有几个宗教文学的作家,是可以注目的。

所谓宗教文学,并不是宣传宗教的意味,是指取材于宗教或作品中流露着宗教的情绪的文学。试举宗教色彩比较浓厚的作家,则有仓田百三、吉田弦二郎、江原小弥太、贺川丰彦诸氏(仓田百三后来曾加入白桦派)。

仓田百三的思想是从佛教与基督教而来的"宗教的爱"。他是一个在不调和的人生里,希冀寻出美的、调和的世界的求道者。他的表现是诗的、清新的、感伤的。他的代表作品是戏曲,以《出家与其弟子》《俊宽》《处女之死》等作为杰出。

吉田弦二郎是一个多感含泪的诗人,他常憬慕释迦、基督、托尔斯泰、松尾芭蕉等人的思想或他们的人格。他的文字纤细美丽,尤以小品文字为最能动人。他的作品有《人间苦》《芭蕉》《大卫和他的儿子们》《岛之秋》等,《芭蕉》与《大卫和他的儿子们》是他的有力的著作。

江原小弥太于大正十年,发表《新约》,取材于圣经,显明地写出人物的个性、结构的精密与表现的新颖,使他在文坛成名。后来又作《旧约》与《复活》,也是取材于《圣经》的作品。

贺川丰彦本是基督教徒,曾亲身体验贫民窟的生活,于大正十年作三部曲《越过死线》,是一部可贵的遭受苦难的记录。此作曾风行一时,读者莫不受作者的感动。

二、自然主义的旁系

自然主义文学已是过去的东西,但在这时出了几个新的作家,可以视为自然主义的旁系。加藤武雄、加能作次郎、广津和郎可以代表这一支派。

加藤武雄对于文艺经过长时间的忍耐与苦练,他本为小学教师,后作《乡愁》等篇,遂享盛名。他是一个善将体验展开的作家,作品里多感伤的色调。《爱犬故事》《呜咽》《出发》《到都会去》《土的香味》《离开土地》等作,都足以表现他的个性。他曾从事农民文学运动,近则专心于长篇小说的制作。

加能作次郎的作品是善良性与灵魂的健全性的表现,他的前半生经过许多苦难,但在他的作品里,却没有一点怨嗟、愤怒嘲笑的色调。只见他写天真的孩子或是和平幸福的家庭。他有《走向世中》《幼年之日》《伤了的群》《幸福》等作。

广津和郎是俄国柴霍夫的作品的爱读者,受了柴氏的感化。他的作品所表现的,是对于人生的不安与怀疑。他用锐利的眼光,从现代生活里,眺望他周围的人群。他的出世作是《神经病时代》,此外短篇很多,优美者有《本村町的家》《岩》《线路》《可怜的犬的话》《波上》《抱着死儿》等作。

除上述三作家而外,如水守龟之助、细田源吉、细田民树(二氏近已走向"普罗"文学去了)诸氏,也属于自然主义一派。

三、新思潮派的作家

新思潮派以杂志《新思潮》得名,这种杂志创刊于明治四十二年,由小山内薰主宰,未几停刊,第二次复刊,由和迁哲郎、谷崎润一郎二氏主宰,后来时出时辍。到了第四次复刊,由芥川龙之介、久米正雄、菊池宽、丰岛与志雄诸氏主宰,所谓新思潮派,实际上是指芥川、久米、菊池诸人。

新思潮派的作家除了菊池宽一人外(那时他在京都帝国大学读书),都受了夏目漱石的感化。这派的第一人是芥川龙之介,他具有天才,博闻强记。他的作品,取材清新而博洽,观察警拔,修辞精练,表现巧妙。他发表于《新思潮》的短篇《鼻子》,最受夏目漱石的称赏。此作以禅智内供的长鼻为题材,用俏皮机智的文字,写禅智内供目的已达后的失望心理,结构也极巧妙。后来更作《芋粥》《手巾》《运》《罗生门》《地狱变相》《薮之中》《秋》等篇,为都是苦心锻练的佳作。芥川氏对于艺术的态度极其忠实,他发表作品很审慎,不像当世的作家,喜作通俗的长篇。他于1927年,因思想的苦闷,自杀于住宅,实为现代文坛的大损失。

菊池宽闻名的年代,与芥川氏相同,是大正五年(1916)以后。菊池氏具有特殊的艺术手腕,能在题材上展开崭新的区域,给读者一种清新的芬芳。他又善察时代趣味的倾向。例如大正七八年时,欧洲大战将终,日本的资本主义乘机膨胀,国民的经济力量很富裕,这时的资产阶级与智识阶级都有余暇来读文艺的著作。他便写出明快直截的作品，以投合时人的嗜好。他把文士所独占的文艺解放，使商人、女仆、看护妇等人都能够领略，而他的作品，并不卑俗，每篇都保持着清新高尚的风格，使读者借他的作品知道各样人生。他的作品有长篇、短篇、戏曲多种。长篇曾"连载"于各新闻，如《火华》《真珠夫人》《新珠》《受难华》《慈悲心鸟》《再和我接一次吻》等，每作都展开新境界，结构也没有从同的。他的短篇被称为"主题"（Theme）小说，就是作品里常表现一种主题，有《无名作家日记》《报恩的话》《受勋章的话》《色拉尔中尉》《恩仇的彼方》《投票》《兰学事妨》《忠值卿行状记》《吊颈的上人》《特种》《大岛的故事》《父的模型》《岛原心中》《投身救助业》等。戏曲有《父归》、《屋上的狂人》、《奇迹》、《藤十郎的恋》（原为小说，后改作戏曲）、《报仇以后》（《恩仇的彼方》的改作）、《养民甚民卫》、《丸桥忠弥》、《顺番》、《温泉场小景》、《夫妇》、《玄宗的心理》等。他的作品里，以取材于历史故事的最有特异的价值，他对于这种作品也有自信。

久米正雄以"世态画家"自居，他想描写现在的资产社会的真实，所以他取材于花柳界与上流社会的生活，因此也获得许多的读者。他的短篇小说有《学生时代》《魔术师》，长篇有《萤草》、《破船》（写他与松冈让同爱夏目漱石的女儿，作者终于失恋），戏曲有《牛奶铺的兄弟》《阿武隈的情死》《安政小呗》《归去来》诸作，都是有名的。

丰岛与志雄善写澄澈的心境，他的代表作是一篇《反抗》，写一个青年与人妻的爱，那爱不是肉的，也不是灵的，是第六感官的爱。此外尚有《幻的彼方》《若是生存》《野曝》等作。他又精通法文，译有许俄的《哀史》的全部、罗曼·罗兰的《克利斯妥夫》的全部,论者称为模范的译文。

四、"普罗列塔利亚"文学

日本在经过一次战争以后,必呈露产业发达的现象,社会思想也随着改变。如中日战争后,就有同盟罢业、劳动组合的成立;日俄战争后有平民社的活动。在欧洲大战争发生时,日本的经济界极形活动,资本阶级得了意外的财富。但在劳动阶级方面,看着这种景况,当然是不能默然的。他们对于资本主义社会的压迫、社会的矛盾,扬着反抗的声浪,遂有劳资问题的纠葛。社会主义的思想,遂又重新燃炽起来。加以俄国革命的影响与日本大地震后民众生活的不安,劳动阶级从梦中醒觉,努力为自己阶级奋斗。他们的运动虽没有怎样的成效,但对于社会各方面的影响却很大。

受了世界大战的影响,在思想界发生的变动,在早有吉野作造、大山郁夫倡"德谟克拉西"。继有受俄国革命的影响的评论家,如界利彦、山川均、河上肇、长谷川如是闲、平林初之辅、村松正后等人崛起。他们有的鼓吹新社会思想,有的建立普罗列塔利亚文学的理论。如当时有名的批评家千叶龟雄、本间久雄、片上伸、宫岛新三郎诸人,对于"普罗"文学,都有好感。在他方面,有藤森成吉、小川未明、宫岛资夫、秋田雨雀、宫地嘉六、江口涣、加藤一夫、上司上剑等作家,从事于创作。在大正十年左右,便有了"普罗"文学的作品公世。继而又有前田河广一郎、新井记一、藤井真澄、内藤辰雄、中西伊之助诸人,使"普罗"文学有了新兴的气概。

藤森成吉是一个最努力的"普罗"作家,他于大正三年发表"处女作"《波浪》(后改题为《幼时的烦恼》),即为世人所认识。大正七年作《湖水的彼方》《山》《发任》等篇,[大正]八年作《研究室》《母》《儿童》《女孩》等,遂在文坛占了确实的地步。他于大正十三年更改姓名,从事劳动生活,在肥皂工场与铁工场等体验肉体劳动。后曾发表《磔茂左卫门》与《牺牲》等剧,博得社会的好评。

前田河广一郎于大正十一年刊行短篇集《三等船客》,被认为"普罗"作家。他曾流浪美洲,对于筋肉劳动有了十余年的体验。《大暴风雨时代》、短篇集《赤马车》是他的代表作。他的作品的特质是富有反抗的精神,在《大暴风雨时代》里表现得最鲜明。

小川未明自明治时代以降,他的作品曾三变倾向,先是浪漫主义,次为人道主义,再为社会主义。他以真实与热情描写现实社会。他并不强迫人人都做社会主义者,只是暴露惨苦社会的实状,以促进各人内部的反省。他的杰作《鸟金》《青白的都会》《桥上》《死灭的村》等,足以代表这种倾向。

宫岛资夫本以社会运动家知名,他的作品都是以自己的丰富的体验为基础,他的技巧也是经过洗练的。《金钱》一篇写银行界之王安田善次郎被刺的事实,是他的杰作。

宫地嘉六以描写劳动者的生活精细微妙见称。《放浪者富藏》一篇,为世人所赞叹。江口涣原为浪漫主义的作家,《红的矢帆》中所收的作品,可以代表他的浪漫的倾向。大正十二年作《恋与牢狱》,表现极其有力。新井纪一也富有筋肉劳动的体验,他的反抵精神虽不如前田词广一郎,但他把劳动者运走的道路指示他人,他的杰作有《燃烧的反抗》《两个文学青年》《雨的六号室》等。藤井真澄的作品里反映着强烈的热情与反抗意识,《降雪的市街》是他的代表作。

日本的"普罗"文学到了昭和时代(1926—?)[1],已获得了胜利,产出了不少的新作家,以前的旧作家也纷纷转换方面,倾向于"普罗"文学运动。因本书只叙到1926年止,这里只得从略了。

---

[1] 昭和时代结束于1989年。

附　录

最近日本的文艺团体

——1929年调查

日本文艺团体中，具有职业公会或同业公会的性质的，在最近有文艺家协会、评论随笔家协会、诗人协会、日本歌人协会等。各团体的目的，就是对于"社会"的活动，他们的组织，是从文艺的职业化、文艺家的职业的自觉出发的。

在思想上或主义、主张下团结的，其最显著的是"普罗列塔利亚"文学运动的各团体。

现将各文艺团体的组织情形，分叙于下，以供参证。

一、文艺家协会（1928年10月调查）

（职员）

1. 干事

冈田三郎、冲野岩三郎、金子洋文、上司小剑、铃木氏亨、直木三十五、仲木贞一、长田秀雄、中村吉藏、中村武罗夫、额田六福、叶山嘉树、山田清三郎

2. 常任干事

金子洋文、铃木氏亨、额田六福

3. 书记长

杜田英雄

4. 书记

安藤捷次郎

5. 法律顾问

仁井田益太郎、榛村专一

(一)本协会的历史

文艺家协会,合并小说家协会与剧作家协会,于大正十五年(一九二六年)一月七日成立。小说家协会成立于大正十年(一九二一年)七月十六日;剧作家协会成立于大正九年(一九二〇年)五月八日。为互谋亲睦同济起见,合并为一,以增进福利为目的,合并后成为文艺家协会,其目的仍未变更。

(二)现在的会员

据一九二八年十一月一日的调查,现在的会员有二百十一人,内有准会员三名。

青野季吉、秋田雨雀、浅原六朗、安藤盛、新井纪一、有岛生马、饭岛正、生田葵、生田春月、井汲清治、池田大伍、池谷信三郎、石川欣一、石滨金作、石丸梧平、井东宪、伊藤贵麿、伊藤松雄、犬养健、今野贤三、伊原青青园、宇野浩二、宇野四郎、宇野千代、生方敏郎、江户川乱步、江马修、大仓桃郎、大宅壮一、大关柊郎、大村嘉代子、冈荣一郎、冈田三郎、冈本绮堂、翁久允、冲野岩三郎、尾崎士郎、小山内薰、大佛次郎、落合浪雄、片冈铁兵、胜本清一郎、加藤一夫、加藤武雄、金子洋文、加能作次郎、上司小剑、加宫贵一、河井醉茗、川口尚辉、川口松太郎、川崎备宽、河野义博、川端康成、川村花菱、菊池宽、岸田国士、本苏毅、北尾龟男、北原白秋、北村喜八、北村小松、北村寿夫、木村毅、邦枝完二、国枝史郎、久保田万太郎、久米正雄、仓田百三、藏原惟人、黑岛传治、甲贺三郎、小酒井不木、小岛政二郎、小岛德弥、小寺菊子、小寺融吉、小林德三郎、小牧近江、近藤经一、今东光、齐藤龙太郎、酒井真人、佐佐木邦、佐佐木孝丸、佐佐木味津三、佐佐木茂索、佐藤红绿、佐藤惣之助、佐藤八郎、里见弴、十一谷义三郎、岛村民藏、霜田史光、下村悦夫、下村千秋、白井乔二、白鸟省吾、管忠雄、铃本氏亭、铃本善太郎、铃木彦次郎、须藤钟一、诹访三郎、关口次郎、濑户英一、千家元麿、高桑义生、高田义一郎、高田保、鹰野兹吉、高桥邦太郎、泷井孝作、武野藤介、多田不二、田岛淳、田中贡太郎、田中总一郎、田中纯、谷崎精二、谷崎润一郎、田村西男、中条百合子、近松秋江、千叶龟雄、津村京村、寺泽琴凤、户川贞雄、德田秋声、士岐善痲、丰岛与志雄、直木三十五、中河与一、仲木贞一、长田秀雄、长田干彦、中户川吉二、中村吉藏、中村星湖、中村武罗夫、中山楠雄、长与善郎、南部修太郎、新居格、额田六福、能岛武文、野口雨情、野岛辰次、升曙梦、野村爱正、野村胡堂、灰野庄平、荻原朔太郎、土师清二、长谷川时雨、长谷川伸、畑耕一、服部秀、林房雄、林和、叶山嘉树、平林太依子、平林初之辅、平山芦江、广津和郎、福士幸次郎、福田正夫、藤泽清造、藤森淳三、藤森成吉、舟桥圣一、细田源吉、细田民树、本田美禅、堀木克三、牧野信一、正木不如丘、正富汪洋、正宗白鸟、松本泰、间宫茂辅、三上于菟吉、水谷竹紫、三宅周太郎、三宅安子、宫岛新三郎、宫岛资夫、宫地嘉六、武川重太郎、武者小路实笃、村山知义、室生犀星、本山荻舟、百田宗治、森田草平、森本严夫、安成二郎、矢田插云山崎斌、山崎紫红、山田清三郎、山内义雄、山本有三、行友李凤、横光利一、吉井勇、松江乔吉、吉川英治、吉屋信子、米川正夫、渡边均

(三)主要的事业

该会自成立以来,其主要的事业,可列举如下。

1. 在大正十五年(一九二六年)春的帝国议会,由内崎作三郎、有马赖宁、原夫次郎、清濑一郎四议员,提出"著作权法改正案",后以交付委员审查,审议未完。

2. 大正十五年(一九二六年)七月二十三日,菊池宽、加能作次郎、山本有三、中根驹十郎、山本宝彦、星野准一郎六氏,关于"著作权法改正案",与内务大臣会谈。谈话的要点如下——

(1)设文艺鉴定局或咨询机关;

(2)出版法第三十条之禁止没收,改为不问杂志或单行本,得分割截取;

(3)删去没收纸版一条;

(4)禁止条款,以用列举主义为原则。

3. 大正十五年(一九二六年)十一月八日北海道函馆的实业家渡边氏,依他的儿子安治的遗志,以银一万元,作为文艺赏金,四五年来,每年将利息六百元送交协会,协会定为"渡边赏",不问是否本协

会会员,用投票法推举前一年的新进优秀作家二三人,赠以此项奖金。受赏者如次——

第一回(一九二七年春)叶山嘉树、岸田国士;

第二回(一九二八年春)片冈铁兵、室生犀星、北村小松。

4. 除继续发行"日本戏曲集"(原为剧作家协会发行)与"日本小说集"(原为小说家协会发行)外,自一九二八年起,于每年春季,再刊行"大众文学集"与"诗与随笔集",且于每年十二月,刊行"文艺年鉴"。

5. 历来关于剧作家的剧本表演费,颇有未周到处,于一九二七年定新计算法,与剧场方面会合协定。

6. 一九二七年十一月,内务大臣以"文学的及美术的著作物保护万国同盟条约修正提案"咨询协会,由协会干事回答。

7. 凡有任意表演或任意印行会员的作品者,以本协会的名义交涉解决之。

(四)"职业公会式"的活动

协会历来的事业是比较的消极的,偏重于会员的共济,自一九二八年十月六日大会以后,活动一变而为积极的,决议拥护并增进会员的利益,举出实行委员与干事协同商议对出版业问题剧场问题及最低稿费、版税、表演费等,大抵都已达到目的。

(五)本协会的规定

名称与目的

第一条　本会定名为文艺家协会。

第二条　本会以企图文艺家相互的亲睦共济,与文艺家全体的福利增进为目的。

会员的资格

第三条　本会会员,以以文艺的著述为职业者为主。

共济

第四条　本会以公积金,举办下列的共济。

一、在会二年以上的会员及其家族死亡时,对于一家族赠与吊慰金五百元,未满二年时,吊慰金额由干事定之。

二、对于滞纳半年以上的会费者,吊慰金减去前条规定金额的三分之二。

三、会员有疾病时,或因灾祸而陷于生活困难时,得给与相当补助,对于会员的遗族亦同。

其他的事业

第五条　为拥护文艺家的利益、名誉等,本会应有所活动。

第六条　为贯彻本会的目的计,应作公众讲演或发行杂志。

公积金

第七条　公积金以下列方法积之。

一、会费每月纳二元。

二、每年发行会员的创作选集一次或数次,以其版税加入公积金内。

三、会员出版创作集、评论集、翻译集，或其他著作时，须纳第一版的版税的百分之二（限定一千部）于协会。

四、会员的剧本上演时，须纳第一次上演的最低表演收入费的百分之二于协会。

五、会员的电影剧本与小说戏曲上演时，须纳最低"使用费"的百分之二于协会。

六、凡会员在本会指定的新闻与杂志上，发表原稿纸十张以上的文字时，每篇有缴纳一元的义务，但此项的征收，则委托新闻社及杂志社。又在指定的新闻上发表长篇连载作品时，一个月征十元，发表于妇女杂志上的连载作品，则一个月中征五元。

入会、退会与除名

第八条　具第三条的资格，经会员二人以上的介绍申请入会时，经大会的承认，得入本会，但退会可以随意。

第九条　若不履行会员的义务到一年的，经调查后即予除名。

大会

第十条　大会于春秋二季举行，商改正会则、报告会务及其他待议之件，但遇必要时，得开临时大会。

第十一条　若非万不得已的事故，不出席于大会到二年的会员，即丧失以后三年间的议决权、投票权、被选举权。

职员

第十二条　为处理并进行本会事务起见，设置干事十人以上，书记长一人，书记一人。在干事内任会计三人。干事的任期为一年。

书记得酌给薪俸。

会章的修改

第十三条　开大会时,经出席大会人数三分之二以上的赞成,得修改本会章。

协定剧本使用费

第十四条　本会协定会员的剧本使用料如下。在一剧场,表演一次的使用费如下。

$$\left.\begin{array}{l}剧场容纳看客\cdots\cdots\cdots\cdots\cdots一百人\\ 平均入场费\cdots\cdots\cdots\cdots\cdots\cdots一圆\\ 表演日数\cdots\cdots\cdots\cdots\cdots\cdots\cdots一日\end{array}\right\}基本单位$$

一幕 $\begin{cases}一圆以上\\ 三圆左右\end{cases}$

二幕 $\begin{cases}一圆五角以上\\ 四圆五角左右\end{cases}$

三幕 $\begin{cases}二圆以上\\ 六圆左右\end{cases}$

三幕以上,照上列标准递加。

第十五条　剧场容纳看客,依下列比例规定。

千名以内(十分之七);

千名以上二千名以内(十分之六);

二千名以上三千名以内(十分之五);

三千名以上均以此规定为标准。

第十六条　使用日数，依下列比例规定。

一日以上九日以内(一)；

十日以上[十]九日以内(十分之八)；

二十日以上三十日以内(十分之七)；

三十日以上均以此规定为标准。

第十七条　开演昼夜两次时，使用料为一倍半。

第十八条　东京、大阪、京都三市以外的使用料，为前记的二分之一。

第十九条　再演时，使用费并无折减。

第二十条　在小剧场作研究的试演时，可不适用协定使用费。

第二十一条　翻译剧本或将小说改作剧本时，适用协定使用费。以自作小说的原作供给时，其使用费为三分之二。

第二十二条　舞台监督费与指导费，在剧本使用费之外，剧本使用费的协定，在表演前行之。契约成立，同时授受使用费的二分之一。但契约的有效期间为六个月。在规定期间不表演时，契约作为无效，并没收契约金的全额。

第二十三条　出卖表演权(兴行权)时，使用费定为五倍以上。

协定电影剧本使用费

第二十四条　会员的电影剧本的最低使用费，协定如下。

一、供给电影剧本时的最低使用费，如下：一卷(约七百尺)至五卷为四百圆，每增一卷增加一百圆。

二、以小说或剧本作为材料供给时，其最低使用料如下：一卷至五卷为二百圆,每增一卷增加五十圆。

第二十五条　卖出电影剧本权时或复制时另行协定。

第二十六条　使用料在契约成立时,授受二分之一作为定约金,但如六个月以内不开始摄影时,契约作为无效,并没收契约金。

留声机"灌片"费

第二十七条　以会员的著作剧本,作为"台词"灌入留声机时,其最低权利费现定如下:一张两面收费百圆以上。

无线电布音费

第二十八条　以会员的著作剧本作为"台词",由无线电发布音时,其最低使用费如下:一回收费八十圆以上。

第二十九条　非文艺家协会会员,欲得本会保证其表演协定剧本费,或剧本作者的遗族享有剧本著作权者,得许可入会为准会员,当保护其权利。

本会的事业

第三十条　未经许可,擅将会员的作品表演、摄为影戏、作为留声机唱片、由无线电布音时,得向对方要求最低协定额的五倍以上。

第三十一条　为达到本协会的旨趣起见,协会得随时讲演,或作其他的运动。

第三十二条　协会依会员的委托得代会员与剧场方面居中接洽,并代任表演费的协定与授受等。

第三十三条　会员的剧本,受剧场或演剧团体的不正当的处置时,会员协力与该剧场的当事者交涉。

第三十四条　对于剧本的检阅有不当时,会员协力与官厅抗争。

二、普罗列塔利亚(Proletariat)艺术团体

日本的"普罗"艺术团体,其最著者有下列两个:

1. 劳农艺术家联盟,机关杂志为《文艺战线》;
2. 全日本无产者艺术联盟,机关杂志《战旗》。

(一)劳农艺术家联盟

此联盟于一九二七年二月,因对于指导原理的见解持有异议,遂与"普罗列塔利亚艺术联盟"分裂。即是"普罗列塔利亚艺术联盟"这个团体,分裂为"劳农艺术家联盟"与"日本普罗列塔利亚艺术联盟"是也。到了同年(一九二七年)的十一月,"劳农艺术家联盟"又分为两派:一派仍留于本联盟;一派则脱离,另创"前卫艺术家联盟"。

(二)前卫艺术家联盟

如前文所述,该联盟于一九二七年十一月自劳农艺术家联盟分裂,嗣于十一月十二日开成立大会,于十七日在《读卖新闻》发表声明书。自一九二八年一月起,刊行机关杂志《前卫》。

(三)全日本无产者艺术联盟

"前卫艺术联盟"于一九二八年三月二十五日发出声明书,与日本"普罗列塔利亚艺术联盟"合组,成立"全日本无产者艺术联盟"。结果《前卫》(杂志)与《普罗列塔利亚艺术》(日本普罗列塔利亚联盟的机关杂志)合并,自一九二八年五月起,创刊《战旗》(杂志)。

经过以上所述的经过,就有了"文战"派(《文艺战线派》)与"战

旗"派的对峙。这两派的主要作家,可分述如下:

1. 文战派(劳农艺术家联盟)

青野季吉、金子洋文、小牧近江、小堀甚二、平林太依子、前田河广一郎、今野贤三、叶山嘉树、里村欣三、黑岛传治、鹤田知也、细田民树、细田源吉、冈下一郎

2. 战旗派(全日本无产者艺术联盟)

藤森成吉、江马修、山田清三郎、藏原惟人、中野重治、鹿地亘、上野壮夫、片冈铁兵、壶井繁治、佐佐木孝丸、村山知义、田口宪一、林房雄

三、诗人协会

(职员)

1. 常务委员

福士幸次郎、佐藤总之助、荻原朔太郎、多田不二、前田铁之助、北原白秋、大木笃夫、尾崎喜八、井上康文

2. 会计委员

岛崎藤村、室生犀星、白鸟省吾、井上康文

(一)成立的经过

本会成立于一九二七年十二月四日,发起人岛崎藤树、河井醉茗、野口米次郎、三木露风、高村光太郎、北原白秋六人。

(二)事业

本会倡立未久,尚少可记的事业,于一九二九年刊行《诗人年鉴》

第一辑,举河井醉茗、高村光太郎、佐藤总之助、竹友藻风、百田宗治、多田不二、陶山笃太郎、尾崎喜八、井上康文、大木笃夫、中西悟堂等人为编纂委员,并与会员中互选六十人,在《读卖新闻》上发表"现代诗人代表自选诗"。

(三)现在的会员(人名略)

现有会员一百四十九人。

(四)规约(略)

四、评家随笔家协会

(职员)

常任干事　高须芳次郎

(一)创立的经过

本会于一九二六年十二月,由长谷川如是闲、长谷川天溪、马场孤蝶、西村真次、本间久雄、户川秋骨、大槻宪二、河野桐谷、横山健堂、高须芳次郎、田中贡太郎、室伏高信、村松梢风、内田鲁庵、野口米次郎、小岛德弥、笹川临风、佐佐木指月、木村毅、岛田青风、平林初之辅、日高只一诸人发起,以评论随笔的振兴,评论作家、随笔作家相互的利益增进为目的。于一九二七年刊行《现代随笔大观》。常开文艺讲演会。

(二)现在的会员(人名略)

现有会员一百六十四人

(二)规约(略)

五、其他的文艺团体

(一) 日本歌人协会

于一九二七年创立,会员网罗日本作歌者殆尽。目的在企图歌坛的进步向上,与作者相互的亲睦。

(二) 国际文化研究所

一九二八年九月,秋田雨雀、藤森成吉、林房雄、藏原惟人、片冈铁兵、村山知义、佐佐木孝丸等数十人,组织国际文化研究所,推秋田雨雀为所长,并于十一月起,刊行机关杂志《国际文化》,事务所设东京市外杉并町高圆寺六五番地林方。

(三) 不同调社

成立于一九二六年七月,刊行《不同调》杂志。一九二七年第一期同人解散,由中村武罗夫重行组织第二次,仍刊行《不同调》杂志,卒于一九二九年春解散,现已不存。

以上是日本的主要的文艺团体,此外尚有各地方各文科大学的文艺团体很多,不能一一列举。

附

"文艺家协会"对于各杂志社提出最低稿费的要求

该会为保护协会会员的著作权计,前曾向各剧场提出作品上演费的要求。嗣于一九二八年十一月,又向有关系的各杂志提出最低额稿费的要求,已得多数杂志社的同意,结果甚为圆满。

近几年来,日本的社会生活较为安定,大众对于文艺作品的需要颇为迫切,故成名作家的报酬也较为丰裕,但一般出版界对于无名的作者,仍然取压榨的态度,故该协会有此项要求提出,目的在保障无名作家的著作权。

日本作家的作品,愿将版权售与书肆的极少,几于全是保留版权的。出版者对于作者的报酬,向以原稿纸一张为单位。原稿纸一枚,计二十行,双折为两幅,为行二十字,写满一张纸,不过四百字。但空行与外国字也计算在内,并无除空行的办法。成名的作家,传闻有几家杂志社(通俗杂志与妇人杂志的报酬最大)给他们的报酬是原稿纸一枚酬百元,下面所载的,是该协会对各杂志社提出的最低额的稿费要求,即以一张稿纸为计算的单位,文字的价格分创作与杂文两种。

我国向无"著作家协会"的组织,但以后总有实现的一日,现在特将该协会对各杂志社的要求附记于后,以供国人的参证。

[杂志社名][1]	杂志名	创作[单位:圆]	杂文[单位:圆]
	帝王(King)	一〇圆	七圆
	少年俱乐部	七	五
	富士	六	四
	讲谈俱乐部	六	四
	妇人俱乐部	六	四
	少女俱乐部	六	四

---

[1] 此表据原书资料整理。

续表

[杂志社名]	杂志名	创作[单位:圆]	杂文[单位:圆]
	幼年俱乐部	六	四
	现代	五	三
	雄辩	五	三
	日本少年	四	二[点]五
	少女之友	四	二[点]五
妇人之友社	妇人之友	三	二
	文艺俱乐部	三	二
	朝日	四	二[点]五
	新青年	三	二
博文馆	讲谈杂志	三	二
	谭海	三	二
	少年世界	二[点]五	一[点]五
	少女世界	二[点]五	一[点]五
妇女界社	妇女界	七	四
	爱儿之友	二[点]五	一[点]五
宝文馆	若草	二[点]五	一[点]五
	会女界	二[点]五	一[点]五
主妇之友社	主妇之友	八	五
东京社	妇人画报	三	二
	少女画报	三	二
实业之日本社	妇人世界	六	四

续表

[杂志社名]	杂志名	创作[单位:圆]	杂文[单位:圆]
中央公论社	中央公论	四	三
	妇人公论	四	三
改造社	改造	四	三
新潮社	新潮	三	二
	文学时代	三	二
文艺春秋社	文艺春秋	三	一[点]五
平凡社	平凡	五	三
朝日新闻社发行	周刊朝日	三	二
日日新闻社发行	Sunday 每日	三	二

参考书目

（本书目是为有志精研日本文学的人编制的）

(甲)文学史

五十岚力:《新国文学史》

芝野六助:《日本文学史》

芳贺矢一:《国文学史十讲》

服部嘉香:《日本文学发达略史》

铃木畅幸:《新修国文学史》

三浦圭三:《综合日本文学全史》

铃木弘恭:《新撰日本文学史略》

林森太郎:《日本文学史》

大和田建树:《日本大文学史》

三上参次、高津锹三郎　合著:《日本文学史》

藤冈作太郎:《国文学史讲话》

永井一孝:《国文学史》

尾上八郎:《日本文学新史》

小中村义象、增田于信　合著:《日本文学史》

今泉定介:《日本文学小史》

佐佐政一:《日本文学史要》

坂本健一:《日本文学史纲》

同上:《日本文学小史》

杉敏介:《日本文学史讲义》

池边义象:《日本文学史》

境野正:《日本文学史》

同上:《订正日本文学史》

笹川种郎:《提要日本文学史》

冈井慎吾:《新体日本文学史》

六盟馆:《国文学史》

和田万吉、永井一孝　合著:《删定国文学史》

鉴井雨江、高桥龙雄　合著:《修订新体日本文学史》

高野辰之:《国文学史教科书》

新保磐次:《中学国文学史》

木寺柳吉、橘良吉　合著:《国文学史纲》

大森广一郎:《中等国文学史》

内海弘藏:《日本文学史》

弘文馆编:《国文学史》

三上参二、高津锹三郎　合著:《日本文学小史》

小仓博:《国文学史教科书》

藤冈作太郎　著、藤井二男　补:《日本文学史教科书》

藤村作:《国文学史总说》

津田左右吉:《表现在文学里的国民思想研究》

(乙)各时代的文学研究

（一）

津田左右吉:《古事记与日本书纪的新研究》

末松谦澄:《古文学略史》

武田祐吉:《上代国文学之研究》

（以下为论文）

久松潜一:《古代及奈良朝文学概说》

武田佑吉:《祝词及宣命之研究》

折田信夫:《万叶集研究》

泽泻久孝:《万叶集研究》

次田润:《古事记与日本书纪研究》

井手淳二郎:《记纪的歌谣》

（二）

藤冈作太郎:《国文学全史·平安朝篇》

（以下为论文）

尾上八郎:《平安朝时代文学概说》

手塚昇:《竹取物语》

宫田和一郎:《落洼与宇津保物语研究》

岛津久基:《源氏物语研究》

山岸德平:《源氏物语研究》

藤田德太郎:《堤中纳言物语研究》

洼田空穗:《枕草纸研究》

池田龟鉴:《王朝时代的日记文学》

五十岚力:《大镜研究》

和田英松:《荣华物语研究》

岛田退藏:《今昔物语研究》

志田义秀:《宗教赞歌研究》

石井直三郎:《平安朝敕撰和歌集研究》

尾上八郎:《古今和歌集研究》

洼田空穗:《伊势物语研究》

(三)

藤冈作太郎:《镰仓室町时代文学史》

同上:《战记文评释》

上村观光:《五山文学史》

同上:《五山文学小史》

野村八良:《镰仓时代文学新论》

(以下为论文)

沼泽龙雄:《镰仓时代文学概说》

斋藤清卫:《山家集研究》

松浦贞后:《新古今和歌集研究》

风卷景次郎:《拾遗愚草研究》

斋藤茂吉:《金槐集研究》

松原致远:《镰仓时代的宗教文学》

佐佐木信纲:《镰仓时代的日记文学》

久松潜一:《镰仓时代的歌论》

高野辰之:《武家时代的歌谣》

后藤丹治:《方丈记研究》

高木真:《战记物语研究》

笹川种郎:《室町文学概说》

鱼澄总五郎:《太平记研究》

中村直胜:《徒然草研究》

平泉澄:《神皇正统记研究》

高野辰之:《幸若舞曲研究》

野野村戒三:《谣曲研究》

林若树:《狂言研究》

高野辰之:《武家时代的歌谣》

笹川种郎:《五山文学研究》

(四)

佐佐政一:《近世国文学史》

同上:《近代文艺杂志》

藤井乙男:《江户文学研究》

内藤耻叟:《江户文学史略》

内藤湖南:《近世文学史论》

高须芳次郎:《日本近代文学十二讲》

藤村作:《上方文学与江户文学》

(以下为论文)

藤井乙男:《江户文学概论》

佐久节:《江户时代的汉诗汉文》

新村出:《南蛮文学研究》

水谷不倒:《假名草纸研究》

同上:《古净瑠璃研究》

加藤顺三:《近松研究》

黑木堪藏:《近松时代物研究》

山口刚:《西鹤好色本研究》

片冈良一:《西鹤町人物与武家物研究》

山口刚:《怪异小说研究》

朝仓无声:《洒落本研究》

林若树:《江户的落语》

三田村鸢鱼:《讲谈与实录物研究》

佐佐木信冈:《近世的歌论》

野崎左文:《狂歌狂文研究》

藤村作:《马琴研究》

和田万吉:《马琴的生涯》

高须芳次郎:《京传研究》

藤村作:《一九研究》

笹川种郎:《三马研究》

山口刚:《为永春水研究》

太田水穗:《芭蕉研究》

滕峰晋风:《一茶研究》

尾崎久弥:《江户文学与游里生活》

(五)

高须芳次郎:《日本现代文学十二讲》

橘文七:《明治大正文学史》

岩城准太郎:《明治文学史》

岛村抱月:《近代文艺的研究》

相马御风:《黎明期的文学》

服部嘉香:《明治时代的文学》

佐藤义亮:《新文学百科精讲》

高须梅溪:《近代文艺史论》

宫岛新三郎:《明治文学十二讲》

同上:《大正文学十四讲》

(以下为论文)

生田长江:《明治文学概论》

斋藤昌三:《政治小说研究》

石川岩:《写实主义以前的小说》

柳田泉:《明治的翻译文学研究》

日夏耿之介:《明治新诗的展开》

士岐善磨:《明治的短歌》

高滨虚子:《明治的俳句》

本间久雄:《明治文学研究号》《早稻田文学》

田山花袋:《明治的小说》

木村毅:《社会小说研究》

柳田泉:《明治的历史小说研究》

长田秀雄:《明治的戏曲》

松居松翁:《明治的演剧》

中村吉藏:《明治大正新剧运动史》

高须芳次郎:《明治的史论史传》

小酒井不木:《明治的侦探小说与大众物》

高须芳次郎:《欧化主义国粹主义的文学》

平林初之辅:《由社会史的观点所见的明治文学》

千叶龟雄:《新闻小说研究》

宫岛新三郎:《自然主义文学研究》

冈本绮堂:《默阿弥研究》

高须芳次郎:《高山樗牛研究》

德田秋声:《尾崎红叶研究》

久保田万太郎:《樋口一叶研究》

吉江乔松:《国木田独步研究》

小岛政二郎:《森欧外研究》

柳田泉:《幸田露伴研究》

藤森成吉:《二叶亭四迷研究》

森田草平:《夏目漱石研究》

河东碧梧桐:《正冈子规研究》

(丙)分科的研究

山内素行:《日本短歌史》

神谷保则:《帝国歌学史》

佐佐木信纲:《帝国歌学史》

同上:《和歌之史的研究》

同上:《近代和歌史》

佐佐木政一:《连俳小史》

池田秋旻:《日本俳谐史》

长谷川零余子:《俳谐史论》

长谷川福平:《古代小说史》

藤冈作太郎:《近代小说史》

藤冈、平出 二氏:《近古小说书目解题》

坪内、水谷 二氏:《列传体小说史》

关根正直:《小说史稿》

双木园主人:《江户时代戏曲小说通志》

铃木敏也:《近世日本小说史》

中野虎三:《国学三迁史》

田山花袋:《明治小说内容发达史》

同上:《近代的小说》

水毛生伊作:《以作家为中心的最近日本文学》

大町桂月:《日本文章史》

高野辰之:《日本歌谣史》

同上:《净瑠璃史》

岩野泡鸣:《新体诗史(泡鸣全集十四卷)》

朝仓无声:《本邦新闻史》

小野秀雄:《日本新闻发达史》

小中村清矩:《歌舞音乐略史》

堤朝风:《近代名家著述目录》

中根肃:《庆长以来小说家著述目录》

高须芳次郎:《日本名著解题》

藤冈胜二:《国语学史》

保科孝一:《国语学小史》

花冈安见:《国语学研究史》

伊原敏郎:《日本演剧史》

同上:《日本近世演剧史》

立川焉马:《歌舞伎年代记》

田中荣三:《近代剧精通》

蜷川龙夫:《日本武士道史》

黑木安雄:《本邦文学之由来》

(以下为论文)

松村武雄:《日本文学里的神话》

高田义一郎:《日本文学里所见的医学》

保科孝一:《国语及国字问题的经过》

土岐善磨:《罗马字日本语文献研究》

安倍季雄:《少年文学的发达》

西条八十:《日本的童谣童话》

(其他的参考资料)

佐佐木、山口 二氏:《日本文学史辞典》

赤堀又次郎:《日本文学者年表》

森、今园 二氏:《日本文学者年表续编》

芳贺矢一:《世界文学者年表》

三省堂编:《模范最新世界年表》

山田孝雄:《奈良朝文法史》

同上:《平安朝文学史》

大畦桂月:《日本文明史》

福井久藏:《日本文法史》

佐伯有义:《大日本神祇史》

竹越与三郎:《二千五百年史》

高须梅溪:《明治大正五十三年史论》

副岛人十六:《开国五十年史》

高须芳次郎:《日本思想十六讲》

土田杏村:《国文学之哲学的研究》

(丁) 作品

若列出古今作家的作品与出版处,不胜其烦,现仅举出最近刊行的全集。

古代作品,均有校订或注释的本子,著名的都搜集在内了。

《日本文学全书》

《日本名著全集》 博文馆日本名著全集刊行会

《校注日本文学大系》 国民文库刊行会

《国文学名著集》 文献书院

《校注国文丛书》 博文馆

《近代日本文学大系》 国民图书株式会社

(此种搜集江户时代的作品)

《明治文学名著全集》 东京堂

(此种搜集明治时代的作品)

《现代日本文学全集》 改造社(一圆本)

(此种搜集明治、大正时代的作品)

《有朋堂文库》 有朋堂

《岩波文库》 岩波书店

《帝国文库》 博文馆

(上三种为丛书,中有古今杰作多种)

《现代剧本丛书》 新潮社

《代表的名作选集》 新潮社

《新进作家丛书》 新潮社

(上二种为价值较廉的选集每册值五十钱左右)

《新潮文库》 新潮社(一圆本)

《新选名作集》 改造社(一圆本)

《明治大正文学全集》 春阳堂

《日本剧曲大全》 东方出版株式会社

《随笔文学选集》 书齐社

《现代大众文学全集》 平凡社

《新进杰作小说全集》 平凡社

(此种搜集最近著名作家的作品,价值最廉)

《现代长篇小说全集》 新潮社

《日本歌谣集成》 改造社

《新释日本文学丛书》 日本文学丛书刊行会

(此种搜集古代作品)

除以上各种全集外,私家的文集甚多,如《近松全集》《芥川龙之介全集》《谷崎润一郎杰作集》《菊池宽全集》等,读者如想专读一人的作品,可以选择此种私人的全集。

后　记

本书写成以后，复阅一遍，觉得有许多不满意的地方。即如"现代文学"的下篇，对于现代生存着的作家，有好些没有说到；有的虽然说及，但叙述也很简略。这点缺憾，俟将来有机会时再补足。一般文学史的体制，对于现代生存着的作家，叙述时总不能详尽，理由是还没有经过时代的洗炼，没有经多数批评家的评衡，但是我却不愿意借这个来作我的著书的辩解。

近两年来的著名作家，如片冈铁兵、横光利一、平林太依子、岸田国士、金子洋文诸氏，使昭和文坛增加光彩，是很重要的。如此书有再版的机会，当添上"昭和文学"一章以补足之。（校异后记）

人名索引

阿刀忠行 26

阿佛尼 115

阿国 153

阿士登 145／阿斯顿（W. G. Aston）

安倍季雄 235

安成二郎 211

安藤捷次郎 209

安藤盛 209

安藤为业 106

岸田国士 210、212、238

八左卫门自笑 138／八文字自笑

巴尔札克 186／巴尔扎克

白井乔二 210

白乐天 99／白居易

白鸟省吾 210、219

百田宗治 211、220

稗田阿礼 43

阪田市右卫门 156

阪田藤十郎 155、156

坂本健一 226

坂谷素 168

坂上是则 95

坂垣退助 162/板垣退助

伴久永 26

伴信友则 106

邦枝完二 210

保科孝一 234、235

北昌亲房 128;亲房 128/北畠亲房

北村季吟 144

北村寿夫 210

北村透谷 182、189

北村喜八 210

北村小松 210、212

北尾龟男 210

北野小太夫 154

北原白秋 210、219

本间久雄 205、220、232

本居宣长 72

本山荻舟 211

本苏毅 210

本田美禅 210

并木宗辅 153

波多野秋子 199

薄田泣堇 185

仓田百三 201、210

藏原惟人 210、219、221

柴霍夫 137、202；柴氏 202/契诃夫

长谷川二叶亭(四迷)178；长谷川二叶亭 181；二叶亭四迷 191/长谷川辰之助

长谷川福平 233

长谷川零余子 233

长谷川千四 153

长谷川如是闲 205、220

长谷川伸 210

长谷川时雨 210

长谷川天溪 186、220

长良 107/藤原长良

长田大郎女 64

长田干彦 210

长田秀雄 208、210、232

长与善郎 199、200、210

长塚节 192

朝仓无声 230、234

成岛柳北 167；柳北 167/成岛柳北

池边义象 226

池谷信三郎 209

池田大伍 209

池田龟鉴 228

池田秋旻 233

持统天皇 66；持统 108/持统天皇

赤崛又次郎 235

赤染卫门 106

冲野岩三郎 208、209

出来岛长门守 154

川村花菱 210

川岛忠之助 170

川端康成 210

川口尚辉 209

川口松太郎 209

川崎备宽 210

川上眉山 179

次田润 227

村井庭斋 181/村井弦斋

村山知义 211、219、221

村山左近 154

村上浪六 179；浪六 179/村上浪六

村上天皇 10、107；村上帝 97；村上 106/村上天皇

村松梢风 220

村松正后 205/村松正俊

嵯峨天皇 10

大伴坂上郎女 32

大伴黑主 95

大伴家持 31、32、39；家持 31、40/大伴家持

大伴旅人 32、39、40

大仓桃郎 209

大村嘉代子 209

大佛次郎 209

大关柊郎 209

大槻宪二 220

大和田建树 117、225

大江千里 95

大木笃夫 219、220

大纳言道纲 105

大畦桂月 235

大森广一郎 226

大山郁夫 205

大矢透 10

大町桂月 234

大宅壮一 209

大中臣安则 26

岛村抱月 180、183、186、189、190、231；抱月 180/岛村抱月

岛村民藏 210

岛津久基 227

岛崎藤村 182、185、186、189、190、219；藤村 185、189、191、227、230/岛崎藤村

岛田青风 220

岛田退藏 228

道隆 107/藤原道隆

德川纲吉 138

德川吉宗 138；吉宗 138/德川吉宗

德川家光 135；家光 154/德川家光

德川家康 133；家康 133、134/德川家康

德川喜政 157/德川庆喜

德富芦花 163、181、183、184；芦花 184/德富芦花

德富苏峰 163、181

德田秋声 183、190、210、232

堤朝风 234

迪斯那里（Disraeli）169/本杰明·迪斯雷利

荻原朔太郎 210、219

定子 98、99

东海散士 170、171

东三条院 108

杜田英雄 209

渡边华山 171

渡边均 211

多田不二 210、219、220

额田六福 208、210

凡河内躬恒 95、96；躬恒 108/凡河内躬恒

饭岛正 209

芳贺矢一 6、16、225、235

芳贺矢一 6、16、225、235

丰臣秀吉 133；秀吉 133/丰臣秀吉

丰岛与志雄 203、204、210

风卷景次郎 228

服部嘉香 225、231

服部秀 210

浮田和民 163

福地樱痴 167；源一郎 167/福地源一郎

福井久藏 235

福劳贝 186/福楼拜

福士幸次郎 210、219

福田正夫 210

福田直彦 170

福泽谕吉 161、166、168；福泽 161、162/福泽谕吉

副岛人十六 235

副岛种臣 160

冈本绮堂 209、232

冈井慎吾 226

冈清兵卫 139

冈荣一郎 209

冈田三郎 208、209

冈下一郎 219

高滨虚子 185、192、194、232；虚子 194/高滨虚子

高村光太郎 219、220

高阶成章 93

高津锹三郎 225、226

高木真 229

高桥龙雄 226

高桑义生 210

高山樗牛 181；樗牛 181/高山樗牛

高田保 210

高田义一郎 210、234

高须芳次郎 220、229、230、231、232、234、235

高须梅溪 231、235

高野长英 171

高野辰之 16、226、229、234

歌德 169

歌麿 140/喜多川歌麿

公季 107/藤原公季

宫岛新三郎 205、210、231、232

宫岛资夫 205、206、210

宫地嘉六 205、206、211

宫崎三昧 180

宫田和一郎 227

龚古尔 186

谷崎精二 210

谷崎润一郎 192、194、203、210

关根正直 233

关口次郎 210

关直彦 169

管忠雄 210

光仁天皇 31、68;光仁 108/光仁天皇

光孝天皇(小松帝) 107;光孝 108/光孝天皇

广津和郎 202、210

广津柳浪 179、183、184;柳浪 183/广津柳浪

桂大纳言 112

国木田独步 183、186、187、189

国枝史郎 210

和迁哲郎 203/和辻哲郎

和泉式部 105

和田万吉 226、230

和田英松 228

河东碧梧桐 185、233

河井醉茗 209、219、220

河上肇 205

河野桐谷 220

河野义博 210

河竹默阿弥 164、166；吉村芳三郎 166/河竹默阿弥

河竹新七 155

贺川丰彦 201

贺茂真渊 31

鹤田知也 219

黑岛传治 210、219

黑木安雄 234

黑木堪藏 230

黑岩泪香(周六) 180/黑岩周六

横光利一 211、238

横山健堂 220

后鸟羽天皇 128；后鸟羽帝 97、110/后鸟羽天皇

后藤丹治 229

后藤宙外 183、192

后醍醐天皇 110、128

后一条帝 106

后宇多上皇 110；后宇多帝 114/后宇多天皇

壶井繁治 219

虎屋源太夫 148

户川残花 182

户川秋骨 220；日川秋骨 189/户川秋骨

户川贞雄 210

花冈安见 234

花笠鲁介 165

花山天皇 107；花山 91、92；花山院 90；花山院帝 97/花山天皇

桓武天皇 69；桓武 108/桓武天皇

灰野庄平 210

霍普特曼 186

基督 201

基经 107/藤原基经

吉备真备 9

吉川英治 211

吉江乔松 232

吉井勇 211

吉田兼好 114；兼好法师 114/吉田兼好

吉田弦二郎 201

吉屋信子 211

几岛丹后守 154

纪贯之 95、96、97、105

纪海音 152

纪清人 65

纪友则 95

加宫贵一 209

加能作次郎 202、209、211

加藤弘之 163、168

加藤顺三 230

加藤武雄 202、209

加藤一夫 205、209

嘉本特 198／卡朋特

甲贺三郎 210

假名垣鲁文 164、165；鲁文 166／假名垣鲁文

间宫茂辅 210

菅原孝标 93、105；孝标 105／菅原孝标

鉴井雨江 226

江岛屋其碛 138／江岛其碛

江户川乱步 209

江见水荫 179

江口涣 205、206

江马修 209、219

江藤新平 160

江原小弥太 201

结崎次郎清次 116；观阿弥 116、117／结崎次郎清次

芥川龙之介 104、203

今东光 210

今泉定介 226

今野贤三 209、219

金子薰园 185

金子洋文 208、209、219、238

津村京村 210

津田真道 168

津田左右吉 227

近松门左卫门 148、149、155；近松 147、149、150、151、152；巢林子 149；杉森信盛 149/近松门左卫门

近松秋江 210

近藤经一 210

经嗣 128/一条经嗣

井东宪 209

井汲清治 209

井上播磨掾 148

井上康文 219、220

井上勤 169、170

井上巽轩 182；巽轩 182/井上哲次郎

井手淳二郎 227

井原西鹤 136、150、184；西鹤 137、138、150/井原西鹤

景行天皇 62

境部连石积 8

境野正 226

久保田万太郎 210、232

久米正雄 203、204、210；久米 203/久米正雄

久松潜一 227、229

酒井真人 210

菊池宽 156、203、210、211

菊池幽芳 184

橘俊通 105

橘良吉 226

橘文七 231

橘显三 169

橘诸兄 31

俊基 114/日野俊基

开化天皇 66

堀河天皇 106;堀河帝 106/堀河天皇

堀木克三 210

赖家 111/源赖家

赖忠 107/藤原赖忠

濑川丑松 189;丑松 189/濑川丑松

濑户英一 210

里村欣三 219

里见弴 199、200、210

立川焉马 234

良岑众树 107

良峰宗贞 95;正通照 95/良峰宗贞

良基 128/二条良基

良相 107/藤原良相

良忠 144

林房雄 210、219、221

林和 210

林罗山 133

林若树 229、230

林森太郎 225

林诸岛 15

铃本善太郎 210

铃木畅幸 225

铃木弘恭 225

铃木敏也 233

铃木氏亨 208；铃木氏亭 208；铃本氏亭 210/铃木氏亨

铃木彦次郎 210

柳川春浪 183/柳川春叶

柳田泉 231、232

泷井孝作 210

隆国 99、100

卢骚 162/卢梭

鹿地亘 219

罗丹 199

罗曼·罗兰 198、199、205

罗素 198

落合浪雄 209

落合直文 182

马场辰绪 162/马场辰猪

马场孤蝶 182、189、220

马克斯 198/马克思

米川正夫 211

米勒 199

名古屋山三郎 153

末广铁肠 170、180

末松谦澄 227

莫泊三 136、190/莫泊桑

莫里斯 198

木村毅 210、220、232

木寺柳吉 226

人名索引 / 253

目贯屋长三郎 148;长三郎 148/目贯屋长三郎

牧野信一 210

内海弘藏 226

内崎作三郎 211

内藤辰雄 205

内藤耻叟 229

内藤湖南 229

内藤鸣雪 185

内田鲁庵 181、183、220

南部修太郎 210

能岛武文 210

尼查得·巴彭吉 152/理查德·伯比奇

尼敦 168、169/布威·利顿

鸟羽帝 106、111

牛山鹤堂 169

片冈良一 230

片冈铁兵 209、212、219、221、238

片山平三郎 169

片上伸 205

平出 233/平出铿二郎

平林初之辅 205、210、220、232

平林太依子 210、219、238

平泉澄 229

平山芦江 210

坪内逍遥 151、169、171、174、180、181、186;坪内氏 174、233;逍遥 177、178、181、186/坪内逍遥

蒲原有明 185

齐藤龙太郎 210

齐信 99

千家元麿 210

千叶龟雄 205、210、232

前田河广一郎 205、206、219

前田铁之助 219

浅原六朗 209

钦明天皇 7

青野季吉 209、219

清和天皇（水尾帝）107；清和 108/清和天皇

清少纳言 98；少纳言 98/清少纳言

清漱一郎 211

清原俊荫 91

清原深养父 95

清原元辅 98

秋田雨雀 205、209、221

曲亭马琴 140；泷泽马琴 92、140；马琴 140、141、142、143、151、165、174、175/曲亭马琴

泉镜花 183

蜷川龙夫 234

犬养健 209

仁德天皇 31、66

仁井田益太郎 209

壬生忠岑 95、96

日高只一 220

日夏耿之介 231

萨摩净云 148

三好松洛 153

三木露风 219

三浦圭三 84、225

三上参次 225

三上参二 226

三上于菟吉 210

三田村鸢鱼 230

三条天皇 107

三宅安子 210

三宅藤麻吕 65

三宅周太郎 210

森本严夫 211

森鸥外 181、182、194

森田草平 195、196、211、233

森田思轩 181

森有礼 168

莎士比亚 181；莎翁（莎士比亚）151、152/莎士比亚

山岸德平 227

山本宝彦 211

山本上佐掾 148

山本有三 211

山部赤人 32、39

山川均 205

山东京传 139、140；灰田田藏 139；京传 140/山东京传

山口刚 230、231

山内素行 233

山内义雄 211

山崎紫红 211

山上忆良 32、39、40

山田美妙 178、182

山田清三郎 208、211、219

山田孝雄 235

杉敏介 226

杉山主殿 154

上村观光 228

上东门院 71、108;彰子 71、98/上东门院

上司小剑 208、209;上司上剑 191、205/上司小剑

上田敏 189

上野壮夫 219

舍人亲王 65、108

神谷保则 233

神田孝平 168

神武天皇 5、16、17、18、19、60、61、66、128;神倭波礼遮古命(神武天皇)60/神武天皇

升曙梦 210

生方敏郎 209

生田长江 231

生田春月 209

生田葵 209

胜本清一郎 209

圣德太子 14

师辅 107/藤原师辅

师尹 107/藤原师尹

十返舍·一九 165;十返舍一九 143;重田贞一 143;一九 165、174、175/十返舍·一九

十一谷义三郎 210

石滨金作 209

石川郎女 32

石川欣一 209

石川岩 231

石井直三郎 228

石桥思案 178

石田三成 133

石丸梧平 209

时平 107/藤原时平

实赖 107/藤原实赖

矢田部尚今 182

矢田插云山崎斌 211

矢野龙溪 170、179

士岐善磨 231

士岐善麿 210

市川团十郎 156

式亭三马 143;三马 143、165、175/式亭三马

室伏高信 220

室生犀星 211、212、219

柿本人麻吕 32、35、36、38、39

笹川临风 220

笹川种郎 226、229、230

释迦 100、201/释迦摩尼

释契冲 31

手塚昇 227

帅宫敦道亲王 106

双木园主人 233

霜田史光 210

水谷不倒 183、230;水谷 233/水谷不倒

水谷竹紫 210

水毛生伊作 233

水守龟之助 202

水野叶舟 191

司考特 169/沃尔特·斯科特

斯迈尔 162/斯迈尔斯

四宫弥四郎 139

寺泽琴风 210

松本泰 210

松村武雄 234

松冈让 204

松江乔吉 211

松居松翁 232

松平信正 140/松平信成

松浦贞后 228

松田和吉 152

松田正久 162

松尾芭蕉 144、201；芭蕉 144、145、146、147/松尾芭蕉

松永贞德 144

松原致远 229

苏德曼 186/赫尔曼·苏德曼

绥靖天皇 62、66；神沼河耳命 62/绥靖天皇

太安麻吕 43、65

太夫藏人 154

太田水穗 231

泰戈尔 198

陶山笃太郎 220

滕峰晋风 231

藤冈胜二 234

藤冈作太郎 84、225、226、227、228、233；藤冈 233/藤冈作太郎

藤井二男 226

藤井乙男 229、230

藤井真澄 205、207

藤森成吉 205、206、210、219、221、232

藤森淳三 210

藤田德太郎 228

藤田鸣鹤 167、171

藤原道长 71；道长 106、107/藤原道长

藤原冬嗣 108；冬嗣 107/藤原冬嗣

藤原公任 97、98

藤原兼辅 93、95

藤原兼家 105；兼家 105、107/藤原兼家

藤原利基 93

藤原良房 108；良房 107/藤原良房

藤原清贯 26

藤原为家 115；为家 110、115/藤原为家

藤原为时 71、91

藤原兴风 95

藤原惺窝 133

藤原秀卿 111/藤原秀乡

藤原宣孝 71

藤原永手 68

藤原忠平 26；忠平 107/藤原忠平

藤泽清造 210

醍醐天皇 26、107

天武天皇 8、43、66；天武 68/天武天皇

田村西男 210

田村鱼松 183

田岛淳 210

田口掬汀 183；田口菊汀 184/田口掬汀

田口宪一 219

田山花袋 183、186、190、232、233；花袋 190/田山花袋

田中纯 210

田中大秀 84

田中贡太郎 210、220

田中荣三 234

田中总一郎 210

畑耕一 210

樋口一叶 183、184；樋口夏子 184/樋口一叶

头辨行成 99

屠格列夫 181；屠格涅甫 186、187/屠格涅夫

土井晚翠 185

土岐善磨 235

土师清二 210

土田杏村 235

推古天皇 14、66

托尔斯泰 186、198、199、201

陀思妥耶夫斯基 199；陀思妥也夫斯基 181/陀思妥耶夫斯基

洼田空穗 228

洼田空穗 191、228

丸冈九华 178

万子世之助 137/世之介

王仁 7

为光 107/藤原为光

为永春水 144；春水 174/为永春水

维勒 169、170/儒勒·凡尔纳

尾崎红叶 178、179、181、182；红叶 179；半可通人 179/尾崎红叶

尾崎久弥 231

尾崎士郎 209

尾崎喜八 219、220

尾上八郎 225、227、228

尾上柴舟 185

文德天皇（田村帝）107；文德 108/文德天皇

文武天皇 6；文武 68、108/文武天皇

翁久允 209

五十岚力 6、151、225、228

武川重太郎 211

武内宿祢 7

武田佑吉 227；武田祐吉 227/武田佑吉

武野藤介 210

武者小路实笃 199、211

夕屋康秀 95/文屋康秀

西村真次 220

西山宗因 136、144；宗因 136/西山宗因

西条八十 235

西乡隆盛 160

西行法师 110；佐藤义清 111/西行法师

西泽一风 153

西周 168

喜撰法师 95

细川幽斋 133

细田民树 202、210、219

细田源吉 202、210、219

下村千秋 210

下村悦夫 210

夏目漱石 192、194、203、204；漱石 193、194、196/夏目漱石

贤子 93/藤原贤子

宪康 111

相马御风 231

小仓博 226

小川未明 195、205、206

小岛德弥 210、220

小岛法师 114

小岛政二郎 210、232

小酒井不木 210、232

小崛甚二 219

小栗风叶 183、190

小林德三郎 210

小牧近江 210、219

小山内薰 151、191、203、209

小杉天外 183

小寺菊子 210

小寺融吉 210

小野阿通 147

小野小町 94、95、96

小野秀雄 234

小中村清矩 234

小中村义象 225

孝谦 68/孝谦天皇

新保磐次 226

新村出 230

新岛襄 163

新井纪一 207、209

新居格 210

信浓前司行长 112

兴藏 140

星野准一郎六氏 211

行友李凤 211

幸田露伴 179、181、183、184；露伴 179、183/幸田露伴

修理亮则光 99

须藤南翠 171、179

须藤钟一 210

徐福 4

许俄 204/雨果

宣旨 93

穴穗天皇 64；穴穗 64/穴穗天皇

鸭长明 114

延喜君 107

岩城准太郎 231

岩谷小波 179

岩野泡鸣 234

阳成天皇 107

野村爱正 210

野村八良 228

野村胡堂 210

野岛辰次 210

野口米次郎 219、220

野口雨情 210

野崎左文 230

野野村戒三 229

叶山嘉树 208、210、212、219

叶室时长 112

一条冬良 128

人名索引

一条天皇 107；一条帝 106／一条天皇

伊势岛宫内 148

伊藤贵麿 209

伊藤松雄 209

伊原敏郎 234

伊原青青园 209

义满 114、116／足利义满

义铨 114／足利义诠

应神天皇 7、66

樱田治助 155

鹰野兹吉 210

永经 115

永井荷风 183、195

永井一孝 225、226

有岛生马 209

有岛武郎 199

有马赖宁 211

右大臣兼道 107／藤原道兼

鱼澄总五郎 229

与谢野晶子 185

与谢野铁斡（宽）185

宇多天皇（亭子君）107；宇多 106／宇多天皇

宇野浩二 209

宇野千代 209

宇野四郎 209

宇治加贺掾 148

元明天皇 43；元明女帝 68／元明女天皇

元清 116；世阿弥 116、117/世阿弥

元正天皇 65

原夫次郎 211

圆融天皇 10、107；圆融 91、92/圆融天皇

源赖朝 109、111

源牛若丸 147/源义经 129

源实朝 111、114

源顺 84、91、92、97

源之位赖政 106/源三位赖政

在原业平 95

在原元方 95

在原滋春 90

赞岐典侍 106；赞岐 106/赞岐典侍

泽泻久孝 227

泽住 148；泽角 148

曾我 129

增田于信 225

斋部广成 7

斋藤昌三 231

斋藤茂吉 228

斋藤清卫 228

沼泽龙雄 228

折田信夫 227

真山青果 190、191

榛村专一 209

正富汪洋 210

正冈子规 185

正木不如丘 210

正宗白鸟 190、191、210；白鸟 191/正宗白鸟

芝野六助 225

织田纯一郎 168

织田信长 147；信长 147/织田信长

直木三十五 208、210

志贺直哉 199、200

志田义秀 228

中村吉藏 208、210、232；中村春雨 183、184；吉藏 183/中村吉藏

中村武罗夫 208、210

中村星湖 191、210

中村正宇 162

中村直胜 229

中根驹十郎 211

中根肃 234

中谷无涯 183

中河与一 210

中户川吉二 210

中江兆民 162

中山楠雄 210

中条百合子 210

中西悟 220

中西伊之助 205

中野虎三 233

中野重治 219

塚原涩柿园 181

仲木贞一 208、210

仲平 107/藤原仲平

舟桥圣一 210

竹本义太夫 148、149、152；竹本筑后掾 148/竹本义太夫

竹田出云 152

竹友藻风 220

竹越与三郎 235

庄子 100

资朝 114/日野资朝

紫式部 71、91、93、98、105、151

诹访三郎 210

左拉 137、186、190/爱弥尔·左拉

佐伯有义 235

佐度岛正吉 154

佐久节 230

佐藤八郎 210

佐藤红绿 185、210

佐藤红绿 210

佐藤义亮 231

佐藤惣之助 210；佐藤总之助 219、220/佐藤惣之助

佐佐木邦 210

佐佐木茂索 210

佐佐木味津三 210

佐佐木孝丸 210、219、221

佐佐木信纲 16、229、233；佐佐木信冈 230/佐佐木信纲

佐佐木政一 233

佐佐木指月 220

佐佐政一 226、229